愛，就是放下你的手機！

陳幸蕙——著

【自序】你不是在閱讀，在創造未來！

1. 不是別人，正是你！

愛，就是放下你的手機！

你為幸福而生！

是我今年出版的兩本新書。

整理稿件，交出版社付梓時，我意外發現兩本書名中，

都有個「你」字。

不免為之莞爾。

這當然是有趣的巧合。

但也反映了一個事實，那便是，在創作這兩本書時，我心中所預設的讀者對象，不是別人，正是——

你！

你，千禧世代，新新人類，臺灣青少年！

2. 你寂寞嗎？

「你寂寞嗎？」

曾經，在一項以這單刀直入之問為主題的研究中，學者發現，六成以上臺灣青少年，經常感到寂寞！

其中，愛玩社群網路和簡訊上癮者——換言之，最常使用手機的青少年——寂寞感最深！

他們想用手機消除孤獨寂寞，卻適得其反。

因為虛擬的本質終究是虛無，只要網路一斷線，所有粉絲團、按讚……等熱鬧，瞬即消失不見，因此，啊，才有如此充滿失落感的青少年心聲：

「無數個夜晚，我掛在手機社群網站上，盲目的跟隨，無腦的結束今天，好像經歷了許多，但醒來卻什麼都沒有……！」

3. 以讀攻獨！

當然，手機的好處是——

跨界跨時區互通有無，及時資源訊息分享，資訊效用極大化，讓生活充滿驚喜，趣味無窮。

但在享受這些超級便利、趣味、驚喜的同時，我相信，真正的手機達人、高人，更懂得提醒自己——

要釐清網路虛擬世界和現實生活的分際。

要避免踏入資訊泛濫、轟炸的誤區。

要讓時間做更有意義的運用，好好和自己、親友相處，和真實人群互動，體驗真實人生。

更要掌握，嗯，「偶爾讓手機放個假，也讓自己放個假」的生活藝術。

若尼采說：

「沒有音樂，生活是一個錯誤。」

若有人延伸此語而成：

「不運動，生活是一個錯誤。」

「沒有愛，生活是一個錯誤。」

那麼，我們是否也可說：

「不閱讀，生活是一個錯誤」呢？

於是走筆至此，便不能不提一個令人刮目相看的犀利青少年了。

因為她說，她化解寂寞孤獨的方式，竟然是，嘩！——以讀攻獨！

4. 面目可愛，言語有味！

這不禁讓我想起，臺北市立圖書館外十樓牆壁上，曾高懸過一幅布幔，布幔上印著兩句話：

「**改變自己，從閱讀開始**！

挑戰自己，從運動開始！」

更讓我想起，《文化苦旅》作者余秋雨曾說，閱讀的最大好處是使人「擺脫平庸」！

這位知名學者並且加碼強調：

「早一天閱讀，就多一份人生的精采！

遲一天閱讀，就多一天平庸的困擾。」

他的意思是：

閱讀，是一件豐富精神內涵、提升生命品質的事。

若宋代詩人黃庭堅，曾毫不客氣這麼說：

「三日不讀書，則面目可憎，言語無味。」

那麼逆向思考、合理推斷，我們是否也可開心樂觀的如此回應？——

養成閱讀習慣，必面目可愛，言語有味！

5. 打開智慧的開關

而做為一個「寧可一日斷食，不可一日斷讀」的人，一個「書的愛好家」，若問我，閱讀的意義是什麼？

那麼我的回答便是：

閱讀讓人獲得可貴的啟發，蓄積美好的能量。

讓人清除內在噪音毒素，為我們消磁除塵，打開我們智慧的開關，激勵心志，提升我們的知性、感性。

在有些時候，閱讀，為我們療癒創傷。

有些時候，讓我們在書裡遇見且結交精采的朋友、智慧的達人，他們高明的見解，有助我們在人生中找到新方向、心方向，不再混亂。

當然啦，在許多時候，閱讀，只是帶給我們簡單的快樂、寧靜的書香、悅讀的趣味，幫我們打發孤悶的時光，如是而已。

但那也就很棒、很足夠了，不是嗎？

總之，閱讀豐富了人活著的過程，使人生更有品質、深度，更幸福！

這便是我對閱讀一事的認知，與真誠告白。

6. 投資自己

而對於青少年，你，你們這正處於生命中早晨時光的青春族群，若論及閱讀，卻還有另一更重要、實際的意義，那便是——

投資自己！

試想，一個不斷在閱讀中，累積個人軟實力和生命能量、厚度的孩子，和一個不閱讀以致內在日漸單薄貧乏的孩子，十年、二十年後，兩人的生命境界與發展，是否必有所不同？

因為不閱讀，定然會錯過人生的什麼、漏失人生的什麼！

所以才說——

你不是在閱讀，在創造未來！

那麼，聰明的你，希望、打算，或決定，創造一個怎樣的未來呢？

7. 有豐富充實的收穫

記得曾有國中老師和我提起，她班上學生閱讀能力甚弱，甚至有學生只願，也只能看兩百字左右的文字內容，若是二十頁的小冊子，便全無耐心、意願也全無能力去讀，更遑論兩百頁的書籍了。

「這種淺碟子人生怎麼辦？」

時至今日，我仍記得她搖頭的樣子、憂慮的眼神。

但，多年來，我也曾遇見一些樂在閱讀、從中汲取美好成長養分的新人類，以及在青春苦悶中，努力試圖尋找一扇，可呼吸清鮮空氣之窗的青少年。

我把這位老師的憂慮，和我對青少年閱讀現象的某些觀察，以及，曾與他們互動的經驗，結合起來，親切書寫，微笑述說，且因應當前網路時代「閱讀碎片化」趨勢，採強烈標題性、段落感以減少文字壓力的方式，進行創作。

如是歷時三年半。

一本溫暖取向、為你而寫的誠摯之書——《愛，就是放下你的手機！》——終於馬拉松式的完成了。

我希望這本書，散發陽光氣質。

並且誠摯的希望、祝福，你，每一個閱讀，哦，不，悅讀此書的陽光青春族，在微笑終卷之際，都有，嗯——豐富充實的收穫！

——二〇二二年立夏於新北市新店

目錄

【輯三】

人生以幸福爲目的

輯 1

愛，就是放下你的手機

歐巴馬的幸福告白

偶爾，也「去手機化」一下吧！

被譽為是「林肯之後，最受閱讀影響的美國總統」歐巴馬，曾如此定義：

「書，是可以隨身攜帶的世界。」

白宮八年任內，由於不斷隨身攜帶這小世界，進行豐富有趣、活潑多元的閱讀，喔，不，悅讀，歐巴馬說，他不但從紛擾繁雜的政務中走出，放慢生活的步調，感到寧靜愉快，且獲得觀看世界的新角度。

這是歐巴馬——美國歷史上第一個黑人總統，一個曾是世界上最有權力的人——有感而發的幸福告白。

在這幸福告白中提到的隨身攜帶物品，不是手機，而是——書！

在現代人每天起床第一件事，就是打開手機，每隔幾分鐘就要看一下手機的時代，若我們逆向操作，像歐巴馬，把隨身攜帶的小世界，偶爾，也由手機改成書，那麼——

生活的步調會不會不一樣？

觀看世界的角度，會不會不一樣？

我們的幸福告白，會不會，也不一樣？

在欣賞華麗交響樂的演奏會上。

在聆聽大師演講的會議廳裡。

在欣賞藝術電影如李安《少年Pi的奇幻漂流》之時刻。

由於手機成為啞巴，不再能操控我們的身、心、靈、意志、注意力，曾經是手機奴的我們，遂終不受干擾的重拾完整的個人自由。

我的一位趣友，培養自律的作法是——上廁所不帶手機！

長期下來的成果，據說，使用時間效率化（如廁時間縮短）外，更培養出自我管理的精神。

身為一名跑者，我跑步也是不帶手機的。

不是否定手機的價值。

不，手機太高明便利了！

那種無所不包、氣吞寰宇、網羅天下的氣勢與能耐，像難以脫身的科技黑洞；並且，是誰這樣說：

「手機最大的貢獻就是——距離已死！」

若距離形成美感。

那麼，為了不失去這種美感、不成為終日被綁架的人質，在很多時候，我提醒自己——不要太依賴手機，不要和它過分親密。

而早在兩千年前的哲人荀子，不就已提出「役物而不役於物」的理念了嗎？

這話放在手機成癮的時代，意思便是，要掌控手機，不要被手機掌控。

說得更白話些便是——

小心喔！不要讓你的時間、生命，在手指滑動平板的過程中大量流失！

若歐巴馬在他隨身攜帶的小世界——書，而非手機——

中，發現了他的微幸福美學，擁有更好的精神生活。

若我們向這位智慧人物看齊，經常，或者偶爾，也「去手機化」一下。

經常，讓隨身攜帶的小世界是——書。

那麼，真的，是不是，我們也可擁有更有氣質更有品質的生活？

我們觀看世界的角度，會不會更寬廣？

我們的幸福告白，啊，這最重要的一種時光告白，會不會也更——

可愛？

滑世代的時光寶盒

世上最遙遠的距離，不是生與死，
而是我在你身邊，你卻低頭在滑手機。

收到你line給我的訊息了，親愛的菠蘿。

你說你剛知道一個有趣的名詞——

滑世代。

你興奮的告訴我，你超愛這名詞，因為你就是滑世代！

雖然我沒有「已讀不回」而是立馬秒回：

「這名詞我也超愛滴！恭喜！你找到了自己的新定

位！」

但還是忍不住寄了這封email，把line中沒說的事，寫在這兒，菠蘿，希望你讀了同樣也覺得有趣。

這可是一群跟你一樣，和手機非常親密的滑世代的故事喔！

他們是××高中學生。

不久前，這群滑世代竟曾建議教育部，應制定一個「全國無手機日」吔！

為什麼？

菠蘿，我知道你一定要這樣問了。

因為啊，這群和你一樣的滑世代族群如此說：

「手機讓人覺得世界好像變小，人和人也變遠了！」

「如果出門帶手機，有導航就沒問題，但沒電就喪失認路能力，實在太依賴手機了。」

「因為，唉，會盯著社群網站和留言板一直看，怕遺漏訊息，若沒訊息蹦進來，就覺得失落焦慮，但一直被訊息轟炸也很騷擾！」

「真的，上課滑手機的同學很多，老師很難制止，嚴重影響上課品質和氣氛！」

「而且，我老爸告訴我，科技阻礙人性，很多人濫用網路資訊和沒營養的八卦謠言，反而干擾分辨真實訊息。」

「至於我嘛，是最近看到報導，說臺灣人平均每天用手機上網約兩百分鐘，比全球平均值多出五十五分鐘，世界排名第一吔！但我覺得這世界第一，好像沒什麼好高興的！」……

因此這群滑世代提出了「無手機日」構想。

菠蘿，先別緊張！

他們不是主張不用手機啦，而是希望像「無車日」（Car Free Day）一樣，提醒大家不要沉迷其中，影響學習，限制思考。

這是滑世代對手機的反思。

不知你認同嗎？親愛的菠蘿。

但要落實這理想卻並不容易啊！

所以，據說，歐美地區有人為戒除手機成癮困擾，尋求心理醫師協助。

還有人發明電子鎖小盒，讓人把手機放入、設定時間、關上盒蓋後，便無法開啟，除非設定時間已到。

「好夢幻的時光寶盒！哇，好好喔！」

那群滑世代中，我認識的一個叫芝麻的女孩，曾如此讚嘆。

不知你，菠蘿，是否也會羨慕的這樣說呢？

但，夢幻寶盒在臺灣還沒出現之前，親愛的菠蘿，且讓我們先玩個有趣的自律遊戲、角色扮演——

讓我們自己，就是那設定時間、鎖住手機的盒子吧！

讓我們高度有意識的提醒自己，除睡覺外，每天，都找個時間擺脫手機的掌控！

讓我們就是，是的——

自己的時・光・寶・盒！

畢竟，在這「不可一日無此君」的時代，我們實在不缺和手機黏巴達的日子，卻獨缺和它分開的時刻。

而據一項最新調查，臺灣十二歲以上民眾，擁有手機者超過一千四百萬人呢！

親愛的菠蘿，你也是其中之一喔！

既是標準的滑世代，那麼，且容我再附上兩句搞笑、其實超正經的數位時代名言，供你參考、博君一粲吧：

「世上最遙遠的距離，不是生與死，而是我在你身邊，你卻低頭在滑手機。」

「天將降大任於斯人也，必先關其手機，拔其網線，收其iPad，封其臉書，斷其Wi-Fi，使心無所亂，方能阻絕干擾，告別誘惑，離開虛擬平板，抬起頭來，面對立體世界、真實人生，健康生活！」

親愛的菠蘿，你覺得呢？

ＯＫ，那就先這樣嘍！

下回再聊。祝

明天「鄉土語言教學」課口頭報告，精采成功！

你忠實的大朋友××於春雖未暖而花已開之日

愛，就是放下你的手機！

拒絕3C產品干擾，用心陪伴家人朋友。

「我最不爽的事就是——沒，人，鳥，我！」

國一社團活動時，老師要大家就「我最不爽的事」各抒己見，納豆曾這麼說。

「但如果真沒人鳥你——」

我問納豆：

「你怎麼辦？」

「就想辦法讓人鳥我啊！」

這理直氣壯的回答，倒還真讓我想起納豆童年許多鳥事。

納豆是堂妹領養的孩子，雖無血緣，從小卻倍受關愛。但大概真的不喜歡被冷落的感覺吧！

所以幼稚園時代，有一回，大人在客廳聊得正起勁，沒人睬他，他就故意把頭卡進陽臺欄杆間隙，然後大呼小叫，嚇得一竿人手忙腳亂老半天，才把他弄出來。

小二寒假時，大夥兒興高采烈去辦年貨，他又模仿《蠟筆小新》情節，在賣場跑給爸爸追……

這麼一個愛搗蛋的小屁孩！

卻不想日前家族聚會中再見，他竟已成為一個挺拔斯文、超有氣質的高中生了。

說起童年、國小往事，納豆笑稱自己過去「真的很幼稚」，不過他現在還是——

「不喜歡別人不鳥我！」

然後納豆提起，上個月，一票國中好友，在一家據說人氣旺翻的簡餐店為他慶生。

本來超開心，但後來有人開始滑手機，其他人不久也滑起來，最後，變成大家都在滑！手機成為餐桌主角，比桌上美食、身邊朋友還重要。

「現場氣氛變得好奇怪喔！」

納豆嘆氣。

接著納豆說，爸爸曾告訴他，紐約曼哈頓有家餐廳，每張桌上都放了一個漂亮盒子，上面寫著「打開我！」盒內則是一張請客人把手機放進去的貼心字條。

那是餐廳老闆，希望客人不要「吃飯配手機」的作法！雖如此一來，便沒人拍照打卡，但因鼓勵客人專心享受美食，結果不但餐廳零負評，還變成話題，成了免費宣傳咧！

當納豆如此敘述時，我隱約感到他對那次生日聚會的失望。

因為手機的介入，讓往日好友少了許多親切的實體互動，更忘了過去那種眼神交流的麻吉感。

「科技正在改變人性！也包括這個嗎？」

我如此暗想。

這時納豆又說了：

「爸認為，餐廳老闆這柔性勸導的妙招，除鼓勵顧客專心用餐外，也教育了顧客——愛，就是放下你的手機！要拒絕3C產品干擾，用心陪伴家人朋友。所以如果將來有機會去紐約旅行——」

納豆笑說：

「我想去這家餐廳看看！」

「哇，好棒！」

為納豆高興的同時，我開始玩味起方才他所說那番話。是啊，在適當時候放下手機，提升相處品質，正是愛家人朋友的基本之道！

而偶爾，甚至經常，把手機放在視線以外的地方，享受不被它掌控的自由，又何嘗不是我們愛自己的方法？

「所以——」

我半開玩笑問納豆：

「若說最爽最酷的事，就是不鳥手機，你同意嗎？」

忽然，來電鈴聲響起。

納豆對我微笑了一下，從牛仔褲口袋掏出手機回話。

那欲言又止、似乎有點尷尬的笑意啊，雖什麼也沒說，哎，但我想，我應已知道他的答案了。

一個手機奴的故事

不做藍光世界的低頭族，
要做陽光世界的抬頭族！

1. 數看看車廂有幾個人滑手機？

下午，從淡水坐捷運去臺北東區。

上車坐定，從背包掏出書來，正悅讀中，一個穿NIKE運動衫男孩走過來叫了聲：

「陳老師！」

我抬起頭，原來是×中寫作社社長普洱。

上個月去寫作社演講時，因他曾邀我學期末，再去擔任寫作社自辦的迷你文學獎評審，故對他印象頗為深刻。

我問普洱要去哪兒？

他說陪哥哥去醫院，因為無聊，兄弟倆正在玩「數看看車廂有幾個人滑手機？」的遊戲。

「結果，除我和哥外，其他十九個人裡面，有十五個滑手機；另外，一個睡覺、一個發呆、一個看窗外，如果不是發現有人看書，今天說不定會錯過老師喲！」

然後普洱指了指車門邊，一個梳著如雞冠般髮型、看來有點龐克的青年，說是他哥哥。

我有點驚訝，但龐克青年友善的對我笑了笑。

2. 電玩玩了十八年的「骨灰級玩家」

這時普洱便說，他哥是個孤狼型人物，也是電玩玩了十八年的「骨灰級玩家」！外表看起來雖很勁爆，其實內在很害羞，由於他們兄弟倆非常麻吉，所以這幾個月每逢週末，他都陪哥去看「手機成癮症門診」。

「有這種門診？」

我再度感到驚訝。

「有啊，屬身心科。」

然後普洱告訴我，他哥曾是手機重度使用者，嗜手機如命，每天都花超多時間滑手機——看電子郵件、臉書、line動態消息，又要及時回覆，又要群組分享，忙得不可開交，還用手機追劇、玩熱門電玩等——不論吃飯、看電視、睡前都在滑，更常熬夜煲手機，弄到通宵不眠，幾年下來已開始出現頭痛、視力退化等毛病。

「後來——」

普洱說：

「因為真的會頭痛到腦袋一片空白，再加上年初哥騎摩托車時看手機，自撞電線桿，左膝撞裂，爸媽覺得再這樣下去『會把自己搞死』！所以才在他們叨念下，心不甘情不願去醫院治療。」

3. 牙刷、手機，何者在你生活中更重要？

第一次看診時，普洱說，醫生先以三個問題要他哥回答

①牙刷、手機，何者在你生活中更重要？

②若只能選其一，則「打斷自己骨頭」和「摔壞自己手機」，你選擇何者？

③請就上述兩問題的回答，分別說出為什麼？

他哥第一題選「手機」。

第二題選「打斷自己骨頭」。

第三題則如此回答：

「沒牙刷可用漱口水代替，但手機無可取代。打斷骨頭，只要復原期間有手機陪，也不賴！」

於是，根據這天才回答和其他評量，醫生判定他哥有嚴重的「手機分離焦慮症」，類如毒品上癮，遂展開了這幾個月來的療程。

「怎麼治療啊？」

我感到難以想像。

但普洱卻笑說很有趣！

因為，首先，醫生告訴他哥，成為手機奴或「戒不掉」手機，不是他的錯或缺乏意志力，而是手機這類科技產品，本來就是一種「劫持」大腦、讓人難以自拔的上癮設計！

4. 比爾蓋茲禁止小孩十四歲前使用手機

所以許多科技大咖，為了讓自己孩子「不被手機廢掉」、能和這真實世界更靠近一些，都自定了許多獨門的「防範措施」。

像比爾蓋茲，就禁止他小孩十四歲前使用手機。

蘋果創辦人賈伯斯，也嚴格限制自己小孩使用電子科技產品。

推特創辦人威廉斯，更是買了幾百本書給兩個兒子，就是不買iPad給他們。

為什麼這些科技菁英，對自己開發的3C產品如此充滿戒心呢？

普洱說醫生是這樣告訴他哥的：

「因為他們都牢記一句黑幫的行話——不要碰你自己賣的毒品！」

「當然——」

普洱補充：

「醫生告訴哥，手機、電玩、社群媒體不是毒品，但它們讓人成癮、欲罷不能的後遺症，卻和毒品相同！

雖然哥起初對所謂的治療嗤之以鼻，不太配合，但由於醫生這番話，讓哥逐漸感受到醫生的專業、誠懇，和真的是在幫他，原先的排斥感化解，這才開始認真做醫生交代的『功課』」。

5. 不用手機，用鬧鐘叫自己起床

「天哪！還有功課啊？」

我問：

「好像很複雜！」

「還好啦！」

普洱笑說：

「其實滿好玩的！只不過每星期都有進度。

像第一個星期，是每天要追蹤、記錄自己花多少時間滑手機，因為醫生說，有具體數字才會有感，才能提高警覺嘛！

第二個星期，是除了來電、簡訊外，其他各種提醒通知的鈴聲都關掉，減少干擾。

第三個星期嘛，就是把最容易上癮的那些app，藏到手機螢幕第三、四頁資料夾裡，避免誘惑。

再來，比較難的就是，滑手機前要先設定倒數計時，限制使用時間，免得自己太超過！

還有，不可以帶手機上床睡覺、不可以把手機充電座放在床邊，免得早上醒來第一件事就看到它，等等。」

「還真滿有趣的！」

我同意普洱的看法，於是他就更興致勃勃說下去了：

「還有一些更好玩喔，比方說，不能用手機，要用鬧鐘叫自己起床、要把手機擺在離床遠一點的抽屜——結果，光是想哪個抽屜比較好，我哥就搞上半天！

另外，還有家人要配合的功課喲，像吃飯時誰都不能帶手機上餐桌！不過最好玩的——」

普洱頓了頓，笑起來：

「還是上星期的作業：在最常放手機的地方不能放手機，要改放樂器啦、撲克牌啦，或圍棋、茶具、咖啡、彩色筆、白紙或雜誌、食譜、書之類的東西，說透過休閒嗜好培養，能轉移對手機的注意力！」

6. 看書比看手機酷！

「那你哥擺了什麼呢？」

我充滿好奇，很想知道。

「擺的是他做重訓的啞鈴、新天鵝堡桌遊，和日本推理漫畫《名偵探柯南》。」

而光是這週內，普洱說，他們兄弟倆已玩過好幾次桌遊，連他爸媽都來尬了一腳！

「另外我哥也很喜歡柯南，覺得超吸睛！哦，對了——」

普洱強調：

「其實，剛才是哥先看見老師，說『看書比看手機酷！』我才注意到老師的。」

「是這樣啊！」

我點點頭，再次看了看車門邊那年輕的龐克男孩一眼，心想，身心科醫生的行為治療，應在提醒他哥——不要一直盯著手機，陷在狹窄的藍光籠罩裡，而應去追求更遼闊的世界、更開心有意義的事吧！

「那，這樣治療下來效果如何呢？」

我追問。

普洱表示他哥很認真，但有一功課——每天除睡眠外，要訂出一、兩個小時的「無手機時間」——還沒做到。

不過不久前他們兄弟閒聊，他哥倒是有說，過去手機用很兇，卻並未因此感到很快樂，因為每月上網費用貴森森，許多垃圾資訊也沒什麼營養，負面、假訊息和酸文又常令他心煩意亂，再加上注意力一直叮咚叮咚被打斷，整天做不了幾件事！

倒是持續治療後，好像真的沒過去那麼焦慮、分心了，頭痛現象也微有改善！

「真的嗎？」

我由衷的說：

「那太好了！」

7. 從手機那兒，奪回生命和時間的主導權

當捷運班車抵達大安站，普洱要下車時，我請他轉告他哥，說我恭喜他已從手機那兒，逐漸奪回生命和時間的主導權，請他繼續加油！

想到一個手機重度使用者，居然會說出「看書比看手機酷！」這樣的話，能不令人高興嗎？

在終點下車後，我走出站外，一抬頭，便見對面新蓋大樓鷹架一幅巨型布幕上，有這麼一句話：

「放下手機，你會看見更多的風景！」

多麼充滿啟發性的廣告詞啊！

提醒了人，不要做藍光世界的低頭族，要做陽光世界的抬頭族！

對了，今天下午，我是帶著《漂鳥集》和《伊索寓言》出門的。

學期末再和普洱見面時，我除了想請他把上面那句話轉告他哥外，也想向他哥推薦這兩本書，請他放在心愛的啞鈴旁。

一個說出「看書比看手機酷」的人，應該會喜歡它們吧！

感恩・紀律・瘋電玩

他青春光彩的臉上，
有著掌控自我的決心與自信！

1. 日文超棒的厲害人物——壽司

從不曾想過，居然有這麼一天，我和壽司會成為同班同學！

壽司是表妹同事的小孩，八竿子打不著關係的一個高一男生。

但因他重度哈日，愛吃壽司、可樂餅、日式蓋飯、天婦羅、蕎麥麵，又精通日本電玩，國三就通過N3日文檢定考，因此在我自學日文過程中，早就從表妹那兒，聽聞有這號日文超棒的厲害人物。

但怎麼也沒想到，就在我決定突破個人自學天花板，去進階班強化日語能力時，第一天上課，渡邊老師對我們這七人小組點名，壽司竟赫然在座！

真是人生何處不相逢啊！

而我必須承認，壽司確實不是浪得虛名。

因為他在班上雖年紀最小，但日文會話之流利，和對日本流行事物之熟悉，卻遠超過其他同學。

2. 渡邊老師指定的主題

七月下旬，在俄羅斯舉行的世界盃足球賽落幕後，渡邊老師以此為主題，指定我們，每人上臺報告一至三分鐘。

同學們都有備而來。

第一位同學說的是，有「坦克」之稱的上屆冠軍德國隊，竟被世界排名五十七的南韓痛宰，以〇：二輸掉比賽，慘遭淘汰，衛冕夢碎，讓她非常失望！

第二位上臺的同學，是剛從墨西哥洽商回來的業務經理。這次世足賽中，拜南韓擊敗德國之賜，墨西哥積分增加，晉級十六強。當時這位經理正在墨西哥，曾親眼目睹球迷聚在南韓大使館前，熱情高喊Korea！連他走在街上，都有人以為他是韓國人，朝他拋飛吻呢！

第三位同學則說，過去世足賽常由中南美洲國家稱霸，這回竟全軍覆沒，令人意外！不過他很高興法國隊獲得冠軍，當電視報導high翻的法國民眾，在香榭麗舍大道揮舞國旗、高唱國歌慶祝勝利時，他很感動！

至於我，因實在不懂足球，只好從周邊切入，說獲得亞軍的克羅埃西亞女總統，高度親民，不但坐經濟艙飛到俄羅斯為該國球隊加油，每次現身更必穿隊服紅白格子裝，既展現時尚，又氣度優雅，成為此次世足賽最美麗的亮點！

3. 外公外婆非常不喜歡日本！

當輪到壽司時，我猜，他一定會說日本隊。

果然！

然後我猜，他一定會說日本「藍武士」隊敗給「歐洲紅魔」隊比利時的那場經典戰役。

結果，錯誤！

壽司說的是，日本隊雖然敗北，但這群藍武士卻高度展現了運動家風範——回國前，不但把住宿房間、休息室，整理得乾淨無比，還特別留下一張以俄文寫的「謝謝」紙條，讓工作人員覺得好窩心！

壽司說，今年參加世足盃三十二個球隊中，日本是唯一這麼做的球隊，實在令人感佩！

說到這兒，忽然，壽司話鋒一轉，說他外公、外婆曾經歷八年抗戰，非常不喜歡日本！

他小時候和外公外婆最親，很了解他們的心情感受，但他覺得日本人雖有外公外婆所說「可怕」之處，但也有可借

鏡的地方，像世足賽中，日本隊所展現的這種だんたいきりつ（團體紀律），就值得學習。

以日本隊這種精神，壽司的結論是：

「說不定有一天，他們會拿到世足冠軍喔！」

那天，壽司報告時間超過三分鐘，但大家都聽得津津有味，渡邊老師也沒喊停，只面露微笑任他發揮。

4. 如果微小的善意傳達，能讓他們愉快，何樂不為？

壽司和大家分享的報告內容，使我想起一位朋友，每次外出旅行住飯店，離開時，總是體貼的把浴室、衣櫥、盥洗臺、床鋪等，全都收拾整理乾淨，才至櫃檯結帳。

平日在餐廳外食，用餐完畢，也必拭淨桌面，將餐盤碗碟收攏，擺得整整齊齊，讓服務生便於取走。

朋友的想法是——

服務業者工作辛苦吃重，臉上總少有笑容，如果她微小的善意傳達，能讓他們感到愉快，何樂不為呢？

而每次用餐前，她也必在心裡默念：

「感謝所有讓我享用這頓美食的人！」

「因為，」

朋友說：

「今天我們能享用這些美好，不是理所當然，而是許多我們所不知道和不知名的人，默默付出的結果，當然要心存感恩呀！」

因此，當壽司以「團體紀律」解讀日本隊的做法時，我不免想，其實，那是否也是一種感恩心的表現呢？

5. 比賽期間集體瘋電玩

下課後，我走到壽司身邊，對他說：

「你講得好棒喔！」

壽司靦腆一笑：

「沒有啦！」

然後他告訴我，其實本還想提一件事的，但那必須有兩倍時間才可以。

「什麼事啊？」

我好奇。

壽司便說：

「媒體報導今年世足賽，德國衛冕失敗，輸得很難看，是因為球員比賽期間集體瘋電玩，軍心渙散，沒專注在比賽上的緣故！」

「真的假的？」

我大吃一驚。

「是德國媒體自己說的呀！」

然後壽司告訴我：

「正因為玩太凶，教練氣得請飯店切斷網路，外界才知道有這麼回事。」

接著壽司笑起來：

「這報導也是把我重重ㄎㄧㄤ了一下！覺得，哇，瘋電玩，瘋到居然世界冠軍都丟掉！真太離譜了！但我相信——」

壽司正經起來：

「日本隊一定不會這樣，我也不會這樣，畢竟，紀律第一嘛！」

我仔細端詳眼前這男孩。

他青春光彩的臉上，有一絲未脫的稚氣、幾分頑皮不羈，但也有著掌控自我、主導人生的決心與自信！

第二堂課鐘聲，不知何時響起來了。

回座位前，我終忍不住在心底，對這強調「紀律第一」的男孩又讚美了一次：

「壽司，你是真的，真的很棒吔！」

輯 2

作伙來𨑨𨑨

一個死刑犯的臨終告白

如果我早讀了這些書，就不會有今天了！

不久前，去看一位朋友。

開心聊天時，偶然談起一本書：

《閱讀救自己》。

這是《天下哪有白吃的午餐？》作者高希均教授，自述求學、成長經歷的著作。

擲地有聲的書名，如暮鼓晨鐘，耐人尋味。

沒想到，朋友讀國二的兒子波提從旁忽切進來，表示異議：

「有這麼嚴重嗎？閱讀救自己？又不是救命仙丹，太誇張了啦！」

朋友與我相視而笑，沒說什麼。

倒是我，拍了拍波提的肩，向這不以為然的小帥哥，提起了一則多年前，曾倍受矚目的社會新聞事件。

那是一位綽號「冷面殺手」的十大槍擊要犯L的故事。

這位出生於臺中市北屯區、家境貧困的眷村少年，因成長過程屢遭霸凌，在血氣方剛的高中時代，為尋求自保、懲罰施暴者，也或許，基於一種扭曲的英雄主義吧！總之，他加入不良少年幫派，並為黑道組織「竹聯幫」所吸收，自此走上人生不歸路！

由於重視「江湖道義」，且經由作風凶狠的前輩「調教」，淳樸的眷村少年，短短數年間便成為「竹聯幫」頭號殺手，並犯下多起槍擊命案，逃亡海外。

最後，因在日本走私毒品，被國際刑警組織逮捕，解送回臺，經纏訟多年，死刑定讞。

生命最後的歲月，在獄中，心境轉趨沉靜的L，開始讀書作畫。

因甚具藝術大分，所繪數十幅駿馬、關公、鍾馗等作品，無不神韻生動，被送至獄外展覽、義賣時深獲好評，被買家悉數蒐購。至於所得款項，L則指定，全數捐贈婦女救援基金會，拯救雛妓。

臨刑前不久，L在獄中讀作家林清玄《白雪少年》一書，因深受感動，淚流滿面，向獄方請求見作家一面，得到林清玄首肯。

據說，兩人見面時，L曾感慨的向心儀的作家說：

「如果我早讀了這些書，就不會有今天了！」

林清玄則肯定L義賣作品、幫助雛妓所做的貢獻。

晤面結束前，L除向林清玄表示，行刑後將捐出全身器官外，更感性告白，他的遺言只有兩句話，那便是：

「要讀好書、做好人！」

據媒體報導，L是極少數進入刑場，不須獄警攙扶之人。

在土城看守所執行槍決的那個黎明，跨入刑場時，L曾高舉雙手大喊：

「中華民國萬歲！我們國家萬歲！」

繼則向刑場對面大樓頂層的採訪記者、送行親友，以宏亮聲音道別：

「我不是英雄，黑道沒有英雄！

我對不起國家！對不起社會！

謝謝各位！」

隨後從容伏法。

林口長庚醫院工作人員旋即進行器官移植流程，讓這位在生命最終，企圖自我救贖的殺手，完成遺愛人間的大願！……

「所以，如果他早讀了那些書——」

看見波提臉上不以為然的表情逐漸消失，我繼續說：

「改變了他的人生，也許，今天，我們就不會在這裡，說這個令人歎息、感傷的故事了。

當然，不是救命仙丹啦！——」

我補充：

「可是，看看這付出了寶貴生命，才換來最後覺悟的真實事例，那麼，如果說『閱讀救自己』，其實好像也沒那麼誇張嘛！對吧！」

當我以這樣一句話，做為這整個敘述的結論時，波提臉上終露出一絲認同的微笑。

那微笑，青春、可愛，且真的是——

哎，帥極了！

作伙來迌迌

逛書店，就是
閱讀的動態化、室外化、遊戲化。

「明天，是我的主場秀吔！

放心，我不會搞砸的啦！」

✦

星期天，到堂弟家參加「快樂家族水餃聚會」，一進玄關，把帶去的愛貓大吉才從寵物拖箱放出來，便聽見藍莓在客廳如此對她媽媽說。

藍莓是堂弟女兒，今年高一，自稱有點嬰兒肥，超愛車輪餅，是很有長輩緣的水瓶座女孩。

走進客廳時，只見藍莓早已把大吉抱在懷裡。然後一邊又親又摟這虎斑橘貓，一邊對我喊了聲「姑姑」，便轉頭問她媽媽：

「要不要聽看看姑姑的意見？」

正丈二金剛摸不著頭腦，藍莓便說，暑假將至，她們「藝術生活」課老師以「作伙來迌迌（ㄑㄧ ㄊㄜˊ）」為主題，要全班同學分組討論「暑假會去參訪的傳統店家、藝術表演、文化景點」等，還要上臺報告。

目前已有四組報告完畢，明天輪到藍莓這組，由於藍莓曾在演講比賽中得名，所以被公推為報告人。

「原來，這就是妳的『主場秀』啊！」

我笑說。

藍莓點頭之際，緊抱著的大吉忽然掙脫，溜到沙發另邊，自顧自舔起腳掌厚厚的肉球來。

藍莓露出一臉無奈狀，我則在沙發上坐下來問她：

「那，已經報告過的同學，都說要去哪兒迫迌呢？」

藍莓便告訴我——

有一組同學說，要去逛一座「阿嬤級」傳統市場，順便大快朵頤，品嚐他們有名的「油蔥酥米苔目」、「魚丸肉焿湯」和人氣紅不讓、CP值超高的「薑汁花生芋圓蜜豆冰」。

另一組嘛，則想去某同學台南老家，採訪一位延續古法，以木製雕刻模具，手作紅龜粿的師傅。

還有一組想採訪學校社區裡，曾得過「議長盃國標舞比賽」冠軍的舞蹈社。

「最好玩的是——」

藍莓笑起來：

「上禮拜報告那組，居然還真找到一家叫『迌迌烘焙坊』的糕餅店，並且老闆還讓他們參觀了做鳳梨酥的整個流程喔！」

「有這種事？還真神巧合！」

我也覺得有趣，但不免問藍莓：

「怎麼多半都和吃有關啊？」

「還好啦！」

在一旁始終未說話的藍莓媽開口了：

「藍莓這組不談吃，要講文化景點。」

「文化景點？」

我帶著好奇猜：

「是故宮嗎？」

「不是！」

藍莓說：

「是和故宮、１０１大樓、太魯閣、阿里山、日月潭……並列臺灣十大景點的誠品書店！

對了，姑姑，正好問妳，媽說亮出書店名稱是置入性行銷，妳覺得呢？」

回答藍莓之前，我先在沙發上翻過身去，給她來個大擁抱，以示對這迢迢計畫的稱許。

繼則表示，在數位風行、網路稱霸、實體書店一家家結束營業、成為弱勢存在、需要被保護鼓勵的時代——

「書店的置入性行銷，有必要吔！」

我說。

尤其，當一般人認為閱讀是「靜態、室內化、不好玩」的一件事時，到書店走走，更值得推廣，因為——

「所謂逛書店，就是閱讀的動態化、室外化、遊戲化嘛！

而就在這隨意走走、輕鬆迌迌的過程中，我們常會無意間邂逅一些有趣、有緣、有收穫、有助成長的書喔！

這些帶來悅讀之樂、心靈提升的書，就是好書！所以——」

我告訴藍莓：

「每當有人表示他想閱讀、請我推薦值得一讀的好書時，我都勸對方先不要閱讀，先去逛書店，因為那可真是很有意思的生活休閒、文化休閒！妳們這組的報告……」

「報告各位，餃子餡拌好嘍！」

忽然，堂弟從廚房出來，興沖沖說：

「有葷的高麗菜蝦仁豬肉，和奶蛋素的雪裡紅粉絲蛋皮兩種餡，都天下無敵好吃！」

「爸！拜託你不要亂入啦！」

藍莓抗議。

我則笑著把方才的話講完：

「妳們這組報告，剛好和談吃的其他組平衡，明天妳的主場秀，一定精采可期！」

話才說完，不想大吉竟從沙發跳下，在藍莓腳邊磨蹭不停。

那麼依戀、示好的姿態！
身為主人，我知道，他的意思一定是：
「當然，那還用說嘛！」

心中的地獄與天堂

以陽光表情、陽光心情、
陽光態度面對每一天！

1. 認識魯肉好幾年了

認識魯肉好幾年了。

從國小到國中，魯肉這個綽號一直跟著他，不只因為這憨厚男孩胖墩墩、肉乎乎的，更因為他超愛吃「三層魯肉飯」。

「什麼是三層魯肉呀？」

曾經，我不解的問他。

「啊就是帶皮五花肉啊！」

為我解惑時，提到心愛美食，魯肉立刻充滿幸福愉快的表情，整個臉都笑圓了。

但不知為何？

最近看到魯肉，他招牌的瞇眼微笑竟不見了，格外顯得憂鬱。

「怎麼啦？」

我問他。

沒想到，魯肉竟從他最喜歡的線上遊戲「天堂」說起，告訴我這風格奇幻的網遊，最新廣告詞是：

「每個人心中都有天堂！」

「很好啊！」

我說。

魯肉說他也很認同這句話，但因最近心裡有個「不好的念頭」、「負面的想法」揮之不去，一直糾纏他，讓他非常困擾，甚至「痛苦」！

接著，令我吃驚的是，這微笑男孩竟說出了不像他這年齡會說的一句話：

「我覺得每個人心中都有天堂，也有地獄！」

然後他無奈問：

「天堂當然很好！但有地獄的話，怎麼辦？」

2. 心，是天使與魔鬼的戰場

嘩，這麼哲學性的問題！

才青春初綻的十四歲吔！

竟已產生這麼激烈的自我衝突了嗎？

我沒問魯肉，那令他「痛苦」的負面想法是什麼？只輕摟他壯碩的肩說：

「沒錯！每個人心中都有地獄和天堂，都有魔鬼和天使！這是生命的真相，當你意識到這點，魯肉，就表示你已長大，不再是天真小孩了！」

「這其實不是壞事！」

我安慰他，並且補充：

「地獄和魔鬼是一定存在的，但重點不在它們是否存在？重點在，你怎麼面對它？怎麼去打敗、摧毀心中的魔鬼和地獄？」

見魯肉不說話，於是我告訴他，我當年成長過程中，也曾心中有黑暗，又充滿恐懼，也曾深陷像他這樣痛苦無助的內在困境，不知所措——

「心，是天使與魔鬼的戰場！」

我說：

「所幸當時，我總不服輸的想，如果無助，不就該去找幫助嗎？」

3. 快樂，是最強大的選擇！

「那妳找了沒？」

「找了！」

我據實回答：

「人在無助時，只要有心跳脫，可找到的外在幫助，其實還蠻多的！而我當年，像溺水掙扎的人一樣，幸運找到的救生圈，就是——

書！」

雖看見魯肉露出難以置信、難以接受的表情，但我繼續與他分享——

因為翻開書，給自己找了件專心去做的事，精力有所投注，不再胡思亂想，心中的魔鬼、地獄，不知不覺就淡出了。

而在不斷密集閱讀中，我確實也從書裡，找到昂然無懼，跨入每一天生活的信念與力量，比方說：

Live well.Love much.Laugh often.

（好好生活，熱愛一切，經常歡笑）

比方說：

Learn from yesterday.Live for today.Hope for tomorrow！

（記取經驗，活在當下，展望明日）

又比方說：「快樂，是最強大的選擇！」

甚至，如《聖經》名言：

「忘記背後，努力前面，直向標竿邁進！」

等等，到現在，都仍然是激勵我的生活方針。

而書中那些超時空的智慧人物，更是我生命中真正的朋友！告訴了我自我解圍、自我解危，與愛自己的方法，讓我能以陽光表情、陽光心情、陽光態度面對每一天！

4. 當陽光普照……

「當陽光普照——」

我問魯肉：

「黑暗勢力還能存在嗎？」

因此我建議他若「負面想法」、「不好的念頭」來襲，趕快找一件能讓自己專注的事來做——

「就閱讀吧！不然去運動也很好，超有效的！真的會讓你產生陽光表情、陽光心情、陽光態度喔！」

那日，我和魯肉說起這事時，他讀小五的弟弟貢丸也在旁邊。

忽然，他有點無厘頭的插進來：

「陽光表情？陽光心情？陽光態度？

好像三陽機車廣告喔！」

我和魯肉楞了一下，接著貢丸又說：

「哥，你如果運動，魯肉就會變成小鮮肉了喲……！」

「你欠扁啊！」

當魯肉作勢要揍他弟弟之際，我忍不住微笑想：

只要健康取向、快樂取向、陽光取向、天堂取向——

小鮮肉？

why not！

如果機器人不充電……

機器人都要充電，何況人？

1.《捍衛任務3》的經典畫面

大家都叫他「枝仔冰」（ㄍㄧˊ ㄚˋ ㄅㄧㄥ）。

因為國一那年，老師出了一個作文題：

夏日最愛

他所寫最愛便是「枝仔冰」。

由於老師說他寫得「文情並茂，活潑生動」，特別張貼在教室佈告欄內，讓大家欣賞，從此以後，枝仔冰，便成了他的綽號。

上學期，因為他所就讀的國中舉辦了一場**踹共啦！——我是不閱讀的！VS.蛤？為什麼不閱讀？**辯論會，請我和另一位作家為校外評審，我因此認識了枝仔冰。

在這場辯論中，枝仔冰是「不閱讀」一組主辯人，臺風穩健，滔滔不絕，說到振振有詞處，臺下同學常報以認同的掌聲，比方他說：

「閱讀浪費時間！

何況現代人時間太少、生活太忙、事情太多，時間更應該用在『投資報酬率』高的事情上，像打棒球、玩手遊、看電影、和朋友聊天、上網查資料啦，等等，如果把閱讀時間拿來做這些事，肯定大有收穫」！

另外，枝仔冰還說，一般所謂書籍，除繪本、漫畫外，都「字太多、圖太少，讓人沒耐心看下去」，毫無樂趣可言！

再說，現在為了考試，每天讀書都已讀得很心煩，所以他決定將來不讀書——

「只讀臉書！總之，」

枝仔冰最後下結論說：

「我是不閱讀的，因為書對生活沒有用處，最近唯一發現書的用處，是在電影《捍衛任務3》，看見基努李維沒武器，就隨手拿身邊一本厚書砸壞蛋腦袋，結果壞蛋應聲倒地，解決了危機，很管用！那場面超經典的……！」

說得臺下同學笑翻，連我們評審也忍俊不禁。

2. 一個絕對貼心有趣的好友

至於另一組主辯人紫米，則是位紮著馬尾的清秀女生，剛拿起麥克風時雖有些緊張，但我們幾位評審都覺得她的開場白別出心裁，很吸引人：

「我有一個貼心的朋友，叫——自己。

還有一對貼心的好友，叫——黃豆、毛豆。

他們是我今年元宵節領養的流浪貓，一對，哎，調皮搗蛋，但聰明可愛的朋友。

另外，我還有一個絕對貼心有趣的好友，他的名字叫——書！」

就像音樂讓她平靜、快樂一樣，紫米說，書也總讓她感到充實，收穫很多，很有樂趣！

「記得以前有個廣告說——」進入狀況後，紫米也振振有詞起來了：「生命應該浪費在美好的事物上——我覺得這美好事物也包括閱讀！

和運動、玩手遊、看電影、跟朋友聊天、上網查資料……一樣，都是生命中美好的事。」

紫米並且說，她認為現代人，沒錯！都生活太忙、事情太多、時間太少，但即使世界排名最忙的大人物——

「像臉書創辦人祖克伯，都還要求自己半個月讀一本書；微軟創辦人比爾蓋茲，據說每年也會讀幾十本書，可見閱讀這件事，『投資報酬率』很高！不然，這些大咖為什麼再忙也要閱讀呢？」

最後，紫米結論這樣說：

「閱讀就像精神充電、心靈充電。

機器人都要充電，何況人？

如果機器人不充電就不能用，那，人不精神充電，大腦和軟實力是否也會退化呢……？」

3. 更美妙的夏日最愛

那天辯論，枝仔冰一組以詼諧活潑獲評審青睞，紫米這組則以說服力和論述嚴謹，最終勝出。

辯論結束後，我曾和枝仔冰有短暫交談，知道他小學時曾愛閱讀，且很喜歡《虎克船長》、《桃太郎》等童話。

但，究竟是繁重的課業壓力，使他對書產生反感？還是數位科技產品，轉移了他對閱讀的興趣？卻來不及問。

有趣的是，後來，我竟也讀到了枝仔冰那篇有名的〈夏日最愛〉。

真的好生動！

要是能再遇見枝仔冰，呵，我一定要告訴他：

「還是保持閱讀，經常精神充電吧！」不然電力不足，就再也寫不出〈夏日最愛〉這等好文章了！那不是很可惜嗎？

而且，想想看，若邊舔枝仔冰、邊讀一本精采的好書，炎炎酷暑，那會不會是更美妙的——

夏日最愛呢？

A room
without books
is like a body
without a soul.

沒有書籍的房間，就像沒有靈魂的肉體。 ——羅馬哲學家西塞羅

我想開設一家這樣的店

能量加滿，鬱悶歸零！

1. 因為想到了阿公！

「我弟說，每次我睡著就跟豬一樣……！」

那天，當沙丁自曝這個人祕密時，臺下學弟妹全笑翻了！

雙十連假，正逢校慶，被同學暱稱「甘媽」的甘主任辦了場座談，請今年會考作文五級分以上三位學長回校，和學弟妹就這次會考作文：

我想開設一家這樣的店

分享經驗。

沙丁第一個發言。

他說自己個性，陽光外放、愛搞笑兼搞怪，童年因爸媽在臺北工作，把他交給苗栗鄉下阿公阿嬤照顧，他小學聯絡簿常模仿家長簽名，唬弄老師，被爸知道，來苗栗時曾打過他好幾次，每次哭很傷心阿公都安慰他，勸他不要學壞。

沙丁說阿公開客家小吃店，炒粄條是用自製的油蔥酥配綠豆芽、嫩韭菜大火翻炒，在當地口碑爆棚，他從小目睹阿公認真打拼的「硬頸精神」——

「ㄟˇ，就是客家精神啦！」

沙丁解釋，並說因為他非常喜歡烹飪，所以將來想接手阿公的小吃事業，開一家與眾不同的客家飲食店，發揮硬頸精神，繼續努力，創新粄條文化！

「其實我作文一直很普普，但那天會考寫得超熱血！」

沙丁笑起來：

「就是因為想到了阿公！」

2. 開心、勇敢做自己！

其次發言的，是作文六級分的香茅。

香茅一開口就說她喜歡音樂，最近更迷上南韓夯團「防彈少年」，臺下立刻一陣騷動。

好不容易等學弟妹安靜後，香茅便接著說，她有位熱愛黑膠唱片、終生未婚的怪獸大姑——

「其實大姑人很好，常捐款幫助弱勢兒童，我覺得一點也不怪！」

在大姑帶領下，香茅說她也很喜歡黑膠唱片。

去年大姑癌症去世，指定把收藏的黑膠唱片都送她！

「因為很感動，也很感謝大姑把我當知音！」

香茅說：

「所以會考作文就寫——將來想開黑膠唱片行，在音樂e化時代，幫大姑保留復古風的音樂記憶！」

三十分鐘座談最後，輪到作文也六級分的燕麥發言時，她先摸摸頭髮，然後才說自己天生自然鬈，從小一直被笑是Q毛，再加上個子矮，是「小隻女生」，所以一直對自己沒信心，朋友也不多。

「書，便是我的好朋友！」

燕麥感性的說。

由於閱讀讓她紓壓，讓她「能量加滿，鬱悶歸零」，更讓她領悟「不要被負面想法所困」、「要有勇氣做自己、開心做自己」的道理，收穫很大，所以燕麥說，她將來想開一家讓別人也找到這種「心靈好朋友、精神好朋友」的書店：

「店裡會有一個專賣奶蓋咖啡、奶蓋蛋糕的溫馨角落，還要養一、兩隻店貓，為我們這書店愈來愈少的城市，增加一點人文浪漫氣息，然後——」

燕麥環視現場聽得津津有味的學弟妹，充滿自信笑說：

「當然！我還是要繼續開心、勇敢做自己啦！」

3. 幸運的旁聽者

就這樣，在三位閃爆全場的學長毫不藏私的分享下，一場迷你座談，圓滿結束了。

值得一提的是，那日，其實我是來探視老友甘媽的。得知有此座談後，主動要求留下，遂成幸運的旁聽者。

座談結束時，甘媽走過來說：

「不好意思，讓妳見笑了！」

還沉浸在新世代真誠可愛想法與願景中的我，什麼都沒說，只豎起大拇指回答：

「很高興沒錯過這場座談！因為真的——太棒啦！」

岳飛是誰？

若缺乏內在深度、廣度，
人的生命品質、幸福指數都會降低。

1. 是合唱團成員，還是新人歌手？

那日，在社區查經班遇見刈包、布丁時，兩個喜歡耍寶的大一新鮮人，正嘻哈笑成一團。

「什麼事那麼好玩？」

也想感染那份青春歡樂，我問：

「可不可以分享一下？」

沒想到布丁竟說，好玩之事和岳飛有關。

這可奇了！

我心想，怎會扯到岳飛呢？

於是布丁就說，他讀國二的老弟告訴他，不久前老師上課講到岳飛，班上竟有人不知岳飛是誰？

「更扯的是還有人問，岳飛是不是什麼合唱團成員或新人歌手咧！」

見我瞠目結舌，刈包又加碼兩個岳飛笑話，說都是真的，只不確定發生在哪裡？

一是某老師提到「岳母刺字」典故時，有同學秒反應：

「畢竟，岳母嘛，當然忍心在女婿身上刺字啦！如果是當媽媽的，捨得在自己兒子身上刺字嗎？」

另一則是，當某老師說到「岳飛因秦檜而死」時，同學回應：

「因勤快而死喔？想不到過勞死那麼早就有了！」

2. 孔子是誰？關公是誰？

我聽了也忍不住覺得好笑。

但，立刻，就在刈包、布丁你一言我一語說「好瞎」、「有大頭症」時，我的笑容卻漸凝凍起來！

我想到自己以非教徒身分，來參加查經班，且以馬拉松方式持續閱讀《聖經》，不是因為宗教原因，而是因為歷史學家說過：

「《聖經》裡有座圖書館！」

於是，為了認識人類歷史、西方文化，為了自我充實提升、追求精神深度、期盼活出一個更優質的自己，我自主閱讀這部經典。

而心理學家不是早就指出，若缺乏內在深度、廣度，人的生命品質、幸福指數都會降低？

那麼，在臺灣至少有七座岳飛廟的情況下，國中生不知岳飛是誰？算不算一種內在深度、廣度的不足？

若長此以往，那麼，會不會有一天？國中生提出的問題會變成——孔子是誰？關公是誰？且誤以為花木蘭、秋瑾，是韓國、日本偶像歌手的名字？

遂想起有位高中老師曾對我說，在現行課綱架構下，為補課本不足，國文、歷史老師常主動額外補充資料給學生——

「因為不希望他們自廢武功，忘了自己的文化DNA啊！」

這些老師，如此費心的最終目的，除了不希望學生忘了自己的文化DNA外，應也是希望，新世代具備足夠的深度廣度，活出更優質的自己吧！

只是，若不曾遇見如此為學生設想的老師，那麼，為了自己的「生命品質、幸福指數」，是否，就得自力救濟，透過自主閱讀，來提升內在深度、廣度了呢……？

3. 請不要自廢武功！

「怎麼了？」

思緒紛飛之際，大概我的表情很跳tone，布丁有點擔心的問。

我笑說：

「沒事！」

隨即想起自己正在悅讀的《三國演義》，便心血來潮問刈包、布丁，能否舉出和《三國演義》相關的成語？

刈包當下秒回：

「說曹操，曹操到！」

布丁也不假思索蹦出：

「萬事俱備，只欠東風。」

接著，「望梅止渴」、「三顧茅廬」、「樂不思蜀」、「錦囊妙計」、「瑜亮情結」、「大意失荊州」、「漢賊不兩立」、「過五關斬六將」、「賠了夫人又折兵」、「一個願打，一個願挨」、「士別三日，刮目相看」、「本是同根生，相煎何太急」……，紛紛出籠。

連我也加入了這熱鬧的搶答遊戲。

所謂文化，呵，我想，其實，不就是這麼生活化的一件事嗎？

身為一名傳承者，又是何等有趣、有fu、有意義啊！

若能遇見那不知岳飛是誰的國中生，或許，我會以最大誠懇這樣告訴他吧！——

親愛的孩子，請別自廢武功、忘了你的文化ＤＮＡ！

請別忘了提升你的生命品質、幸福指數！

請別忘了——

把悅讀列為你生命中重要的一件事喔！

恐龍・小熊維尼・句點王

閱讀力差，意謂我們這個社會，
文化軟實力也在退步！

1. 省話一哥，句點王

在×中「快樂閱讀社」擔任指導老師時，認識了miso。miso是「快樂閱讀社」副社長，也是同學公認的省話一哥，句點王。

「為什麼呢？」

曾經，我問社員咖哩。

咖哩說，因為miso話超少，且常拋出一些讓場面變得尷尬、超冷的話出來。

「比方說？」

「比方有一次——」

咖哩笑起來：

「大家正在講夜市××熱炒店炸肥腸超好吃！miso就說對呀！因為那是豬大腸靠近肛門的肌肉組織，所以肉質才那麼Q彈，搞得大家話都接不下去！」

失笑之際，我終於懂了，但也提醒咖哩：

「miso不是故意要句點別人啦，只是說話比較直而已，你們就多包容一下吧！」

而據我觀察了解，miso也確實是非常憨直敦厚的男孩，就像他熱愛的繪本《小熊維尼》中的維尼一樣。

不過在熱愛小熊維尼前——記得miso告訴我——他曾非常迷戀的對象是恐龍。

2. 書，使我成了一個幸福的人！

因為幼稚園時代，有一回miso全家到美國旅遊，參觀紐約自然科學博物館，他被陳列的恐龍蛋化石和大型恐龍骨架吸引後，就開始對這六千五百萬年前滅絕的神祕動物，產生莫大的興趣，尤其對雷龍、劍龍、翼手龍和雷克斯暴龍，情有獨鍾。

「那時不論吃飯、睡覺，滿腦子想的都是恐龍！」

miso笑說：

「我爸還開玩笑，說搞不好我將來會當古生物學家喔！」

但後來因為知道恐龍有許多都是肉食性動物——

「大概蠻暴力的！」

miso說。

再加上小二時讀繪本《小熊維尼》，開始喜歡這愛吃蜂蜜的漫畫熊，也喜歡他的朋友粉紅小豬、跳跳虎，更喜歡這超萌的故事系列，於是，恐龍便從生活中淡出了。

由於《小熊維尼》，確實為他童年帶來很大的快樂，自此，miso說，他便愛上了閱讀！

當miso如此回憶往事時，我引用俄國作家高爾基名言：

「書，使我成了一個幸福的人！」

問他是否認同？

miso猛點頭，並說這其實便是他和社長柚子成立「快樂閱讀社」的原因：

「所以我們的logo就是——閱讀的N種可能，幸福的N種可能！」

miso真的笑得很幸福：

「希望透過交流分享，讓閱讀更開心、好玩，也更有收穫！」

「很棒啊！」

記得我曾如此由衷讚許。

3. 現在不是什麼事都要揪團嗎？

但不久前，miso卻黯然對我說，由於閱讀社成員減少，下學期可能要「打烊」了。

我鼓勵他一本初心，堅持下去：

「因為你們這個社的存在，對臺灣社會也很有意義喔！」

「沒那麼偉大啦！」

miso露出愧不敢當的表情。

於是我告訴他——

統計數字顯示，臺灣社會去年，有高達四成的人，一本書都沒讀過！

閱讀力差，意謂我們這個社會，文化軟實力也在退步。

如果民間、校園的閱讀社團此時「退場」，勢必雪上加霜！

「更何況——」

我向miso解釋：

「現在不是什麼事都要揪團嗎？揪團網購，揪團看電影、登山、賞鯨、跑馬拉松、買彩券、採草莓，還有人揪團整牙、揪團赤道五日遊，甚至揪團前進澳洲打工哩！畢竟，人多有趣嘛！那，同樣，揪團共讀，分享書香，提升閱讀興趣，還可增加閱讀人口率，怎麼會對社會沒意義呢？」

見miso好像在思考什麼，於是我順水推舟：

「那，這件事就不當句點王了，好不好……？」

小熊維尼式的憨厚笑容，在miso臉上浮漾開來。

那麼溫暖！
於是我知道，他會為「快樂閱讀社」帶來的，絕非句點，而必是一個——
快樂的驚歎號！

輯 3

人生以幸福為目的

被封為陸軍榮譽中士的狗狗

不要害怕困難、不要害怕失敗！
不要害怕挫折、不要害怕挑戰！

今年生肖屬狗。

若問，狗年，會不會想起什麼特別的狗？

那麼我的第一個回答便是——流浪狗。

並且這回答後面，還附帶一個期盼，那便是：

「希望每隻流浪狗，都能遇見生命中的貴人！
每個毛小孩，都能得到人類的尊重與愛！」

至於我的第二個回答則是：

「一隻名叫信心（Faith）的幸運狗與神奇狗。」

因為就在不久前，我剛讀了一本深受感動的書：

《信心：謝謝你，給我們愛與奇蹟》

這書名有點長的作品，所述便是這名叫信心的狗狗的故事。

至於說信心幸運，是因她出生時，只有兩條後腿，被認為是難以存活的「瑕疵品」，曾遭主人和獸醫考慮「人道毀滅」；而狗媽媽基於「終結孱弱子女」的本能，也曾壓坐在信心頭上，企圖讓她窒息。

所幸當此關鍵時刻，信心第二個飼主，將她從母狗龐大身軀下拉出，除願意領養這癱在地上、只能以後腳推動身體的畸形犬外，更抱持強大信念，決定將她訓練成能走路的狗，故取名——信心。

在以愛訓練信心的那半年期間，飼主曾不斷把信心放在滑板上，讓她體會前進的感覺；又用湯匙上的花生醬，做為信心站立、跳躍的誘餌與獎勵。

就這樣，在無數次失敗嘗試與耐心練習後，奇蹟出現了！

信心不但學會以雙腿行走，在公園陪主人散步時，還會頑皮的追逐野鴨和土撥鼠呢！

自此，奇蹟廣為流傳，信心也開始獻身公益活動，經常受邀和主人奔波於全美不同社區、學校、勒戒所、癌症病房、傷兵中心等，現身說法，鼓舞那些在殘酷現實中，因重挫而一蹶不振的人，讓他們從自己身上看到「站起來」的可能。

於是，信心，這世上唯一的兩腳犬，不但成了幫助孩子悅讀的伴讀狗、陪伴安養院老人的親善狗、傾聽受傷士兵訴苦的「心理醫生」，更因屢屢探視自伊拉克、阿富汗戰場返鄉的傷兵，鼓舞他們不向命運低頭的鬥志，美國陸軍為嘉獎她「對所有軍種的付出」，還特別冊封她為榮譽中士呢！

其實，信心第二個飼主，原是一名家暴受害者和單親媽媽，當初領養信心時，也曾擔心這脆弱殘缺的幼犬，如何生存？

但由於愛與堅持，從不放棄！更因積極走出小我個人創傷，投身大我群眾公益，樂在奉獻，真誠分享經驗，信心和主人遂都因此翻轉了自己黯淡無光的前景，活出更豐富、有意義的生命。

所以，若你繼續問我，信心故事予人的啟示是什麼？

我的回答便是：

「信心告訴了我們——

面對生命風雨時，不要害怕困難、不要害怕失敗、不要害怕挫折、不要害怕挑戰！

只要有足夠的勇氣、熱情與信心，你就可以為自己創造奇蹟！」

像這樣一隻傳遞正面訊息、激勵人要為自己創造最佳可能的精采狗狗，在狗年，你說，我怎能不想起她呢？

外星怪物與微笑鬥士

跌倒七次，要爬起來八次！——日本諺語

在我書架上，一個心愛的位置，總擺著一位微笑鬥士的作品——

《人生不設限》

《真愛不設限》

這兩本書的作者，是曾受邀來臺訪問的天生重度殘障者力克．胡哲。

力克．胡哲是澳洲人，患有罕見疾病「海豹肢症」，生下來就缺少四肢，童年時，常被其他小孩嘲笑是「外星怪物」！

力克自己也曾難以接受身體殘缺的現實，陷在自憐自傷的痛苦深淵裡。

不過，在家人溫暖的支持下，並藉著虔誠的宗教信仰，在痛苦深淵中掙扎的力克，終還是走過了成長崎嶇、內在風暴，而逐漸領悟——

．手腳不全，也可活出快樂人生！

．缺少四肢沒有關係，重要的是你如何定義自己的人生？

．與其浪費時間在負面情緒上，不如微笑面對現實，為自己的黑暗點燈！

於是，力克開始積極思考「我的可能性在哪裡？」

更決定要對命運微笑，超越自己的苦難，從一個別人眼中的「外星怪物」，成為肯定自己的「微笑鬥士」！

自此，一掃陰霾的力克，不但開始「喜愛並接納自己的樣子」，還興致勃勃去學游泳、衝浪、潛水、踢足球、溜滑板等運動，又志在成為充滿正能量的勵志演說家，以「鼓舞他人」為終生目標！

而在成立了跨國非營利組織「無四肢人生」後，這位不斷突破逆境的強者，更提筆寫下他超越自我、「從一無所有到一無所缺」的奮鬥過程，成了知名暢銷作家。

力克曾說他的人生哲學，來自一句日本諺語：

「跌倒七次，要爬起來八次！」

意思是，外在世界雖總是打擊力道很強，但我們的勇氣、信心、意志要比它更強！沒有任何力量能擊敗我們，除了我們自己；而被自己打倒，那才是人生最大的失敗！

簡言之，微笑鬥士力克最令我感動的地方，是他以自身故事告訴了世人：

生命精采與否，在於你的選擇！

而常說自己「幸福得不像話」的力克，處女作書名《人生不設限》的副標題更是：

「我那好得不像話的生命體驗！」

真令人為之動容！

是啊，以力克四肢不全的先天條件、挫折艱辛的成長歷程，如果他對生命的體認都是「好得不像話」、「幸福得不像話」的話，那麼，從頭到腳，每一吋肌膚都完好無缺，坐在這裡站在這裡的我們，真的，還有什麼話可說呢？

你的、我的、他的超級任務

對自己好，對別人好，對世界好。
這樣，每一天，都是可愛的好日子！

寄了本書給漢堡。

書名是：《放聲笑吧，就像從未受過傷一樣！》

如此樂觀不敗的精神！

沒錯，這正是我寄此書給漢堡的原因。

漢堡住花蓮，是我的一位讀者。

今年二月花蓮發生芮氏規模六的地震，漢堡家客廳和廚房的樑柱被震壞，必須重建，他和爸爸也遭磚塊擊中受傷，好幾條街外的一名菲傭更不幸遇難身亡。

當我收到出版社轉來漢堡寄給我的信時，他是這樣寫的：

「這事對我真的有打擊，讓我每天過得都很廢！模擬考、會考當然就考砸！上星期，會考衝刺班那些豬腦袋死黨，又對我產生誤會，天天冷戰擺臭臉。總之，今年一堆鳥日子，怎麼做怎麼錯，奇摩子實在超不爽……！」

不過，就在他內心不停飆髒話、OS一堆之際，因國文老師說「閱讀力是大考命題趨勢」，順勢丟了幾本散文集在教室，要他們有空可以參考時，他無意間翻到我作品——

「原先以為很燒腦，結果卻發現——很燃！」

於是一時衝動，便寫了封信到出版社，請他們把信轉給我。

我讀完漢堡來信，嘆了口氣，首先想到的便是《放聲笑吧，就像從未受過傷一樣！》，和此書作者廖智。

因為廖智是二〇〇八年四川汶川大地震受災戶。

當年地震發生時，廖智在倒塌大樓下，活埋二十六小時後獲救，是那棟大樓唯一生還者。

她獲救後送醫，因傷勢過於嚴重而截肢，不但從此失去雙腿，還在這場地震中，失去未滿週歲的女兒，以及，截肢後與她離婚的丈夫。

但廖智只平靜對丈夫說：

「謝謝你離開我！」

並且決定，在這令人淚崩的生命經歷後，要以愛和正能量，堅強樂觀活下去，當成自己的超級任務！

為此，熱血的廖智透過爬山、跑步、游泳、攀岩等各種訓練，學習獨立行走、生活，不斷強化體能、意志，還去參加馬拉松比賽，更在五年後四川雅安再度發生地震時，深入災區第一線從事救援。

如今，在第二次婚姻中找到幸福、且擁有一個可愛女兒的廖智，又給了自己一個新超級任務：

「對身邊的人微笑，帶給他們快樂」！

並且毫不藏私的以自身經驗，幫助身障者找到人生價值，讓他們自信、有尊嚴的活著！

廖智的故事常讓我想起一句話：

「時時好心，日日好日！」

好心，我想，應是指放下負面情緒，讓樂觀積極成為一種習慣，每天為自己加油，且時時「對身邊的人微笑，帶給他們快樂」吧！

簡言之，對自己好，對別人好，對世界好，這樣，每一天，便應會是可愛的好日子了。

而這，不只是廖智，也應是你的、我的、他的，大家的超級任務吧！

我不知漢堡過去這一年「過得很廢」，是否是因把自己鎖在一個叫「過去」的黑盒子裡，走不出來的緣故？

但我希望寄給他的這本書，對他有幫助。

希望他意識到自己的超級任務。

希望他——

放聲笑吧，就像從未受過傷一樣！

然後，新的這一年，過得很high、很威，也——

很燃！

人生以幸福為目的

改變世界之前，要先改變自己！

讓世界幸福之前，要先讓自己幸福！

「人生應該以什麼為目的ㄉㄟ？

今天上課講到生涯發展，『公民與社會』老師規定我們回家想一想，明天習作簿要交……」

傍晚，收到抹茶line時，我正在擁擠的捷運上。

其實，抹茶知道我是個懶回訊息的怪咖，不喜歡浪費網路資源，所以很少發信給我，但今天卻居然傳此微信，有點不太尋常吔！

於是儘管沙丁魚罐似的車廂裡，手機拿得很彆，我還是把line看完了。

原來，上週，抹茶雨中騎腳踏車，在離家不遠的路邊狠摔一跤，左足踝骨折，送醫植入鋼片後，縫了六針，還打上石膏，現在每天都拄拐杖上學，心情不佳！

偏偏明天要交一個頭痛的報告，又有數學小考，現在還要想什麼人生以××為目的——

「真的有夠煩……！」

因忽然想起我這和她「零距離感」的阿姨，關鍵時刻總是對她「很給力」，所以——

「就SOS一下，請給個建議，快來賴（line）我吧！」

當我看到line最後，有520（我愛妳）三字和一個很萌的愛心貼圖時，當下便決定立刻出站，到附近百貨公司買抹茶紅豆蛋糕，冉轉搭另線捷運，直接去看這「心情不佳」的女孩，讓她開心！

沒錯，就是因為超愛抹茶，老嚷著那種「美得沒話說」的綠，讓她無法抗拒，我才暱稱這青春女孩為抹茶的。

驚喜策略，果然——

成功！

樂翻的抹茶先是在沙發上給我來個熱情大擁抱，繼則拿起手機，對那蜜綠色美麗蛋糕狂拍半天，然後滿臉微笑，邊吮指回味邊說：

「哇，真的好幸福喔！

如果習作簿上能寫——人生以幸福為目的——就好了！」

「Why not？」

我問。

「這樣太自私了啦！人家國父講，人生是以服務為目的吔！」

我笑說這兩個想法不衝突啊！

「Why？」

這回輪到抹茶問我了。

我望向她清澈而熱切期待回答的眼神說：

「因為服務的目的，就是要創造一個幸福世界呀！在這個每天有戰爭、有悲傷、好像不那麼快樂幸福的人間，如果我們讓自己活得幸福，就減少了一個不幸，也算對世界的一個『貢獻』吧！」

抹茶沒搭腔。

然後我問她，是否讀過日本作家宮澤賢治的經典童話

《銀河鐵道之夜》？

抹茶咬住吃蛋糕的小銀匙，點點頭。

於是我說：

「《銀河鐵道之夜》的主題之一是——

請成為一個為別人帶來幸福的人！

但，想想看，如果一個人不能為自己創造幸福，又怎麼可能為別人、為世界帶來幸福呢？

畢竟，改變世界之前，要先改變自己！

讓世界幸福之前，要先讓自己幸福！

這樣，我們才能在這美好扎實的基礎上，為別人、為世界帶來真正的幸福！所以『人生以幸福為目的』——」

我毫不掩飾我對這想法的認同與欣賞：

「不但不自私，還很務實、積極呢！那是我們對自己、對這世界的一個責任喔！」
「ㄟ，真的吔！——」
抹茶眼睛剎時為之一亮，歡呼起來：
「哈，太棒了！我現在就可以去寫習作啦……！」
看她低落的意緒，翻轉成如此昂揚的心情，我自己也覺得好快樂！
離開時，我特別在抹茶左腿石膏上簽名，不但寫了520三字，還畫上幸運草、笑臉圖案，並且約好，下個月她拆石膏時再去看她。
我已決定，到時要製造另一個驚喜——
帶抹茶鮮奶油可麗餅和抹茶奶酪，去為她慶祝。
想像她眼角笑彎、滿臉幸福的模樣。
哇，我也充滿了無邊的，幸福感！

樂在棋中

我十四歲，今後還可以失敗很多次！

不久前，回美濃探望婆婆。

很高興在南臺灣這寧靜美麗的山城，又見到川貝。

川貝爺爺是美濃紙傘師傅，當年我慕名去買紙傘時，曾蒙他們以客家擂茶親切待客。

後來川貝爺爺過世，川貝爸將原先店面整修為閩式古厝民宿，兼賣粄條、花生豆腐、客家菜包等。

每次回美濃，我都會到他家選購伴手禮，久之便相熟起來；而幾年前還是頑皮小蘿蔔頭的川貝，如今則已是彬彬有禮的國中生了。

七月，酷夏午後，路上行人稀少，當我掀開碎花布帘走進那親切小店時，川貝就坐在收銀臺後。

「怎麼是你當家呀？」

我笑問。

川貝禮貌起身回答說，姊姊出門辦事，所以這兩小時由他暫時顧店。

我問川貝，家裡經營的民宿還好嗎？

川貝慢條斯理說，他爸經營民宿，一開始就鎖定輕旅行背包客，走文青風，又標榜環保減塑，不提供拋棄式用品和寶特瓶裝水，原以為不那麼受青睞，沒想到網路貼文按讚的人很多，預約入住常供不應求，所以他爸正考慮在後方空地，再添蓋幾間雅房呢！

「那你暑假生活過得如何呢？」

接著我問川貝。

川貝便笑說，他前幾天才和小叔參加「哈盆古道越嶺」回來：

「這裡被稱做『臺灣的亞馬遜河流域』喔！」

他補充。

而野地健行回來後，一切恢復正常，現在，川貝說，他除了準備月底全民英檢初試、預習國二功課、每天上午到社區圖書館當小志工外，就是去棋藝班上課了。

川貝說，他因看了日本動畫卡通〈棋靈王〉而喜歡圍棋，覺得是很有趣的頭腦體操，但他下棋不喜歡輸，希望「始終領先對手一步」！

「可是，輸，也是人生很重要的一種體驗啊！」

我提醒他。

「怎麼會？」

川貝露出不能接受的表情。

於是我告訴川貝，做任何事，當然啦，都要充分準備，全力以赴，追求成功；但若真輸了或失敗了，也要有坦然接受的風度和勇氣，從中汲取經驗。

「如果從來不曾失敗或輸過——」

我告訴川貝：

「反而是人生一大缺憾喔！因為錯失了生命中很重要的一種體驗嘛！」

然後，我引日本作家中島芭旺十歲出版的作品《我看見，我知道，我思考》中一句話——我十歲，今後還可以失敗很多次！——告訴川貝：

「要允許自己可以失敗、可以輸給下棋的對手！也要支持自己，在輸或失敗的苦澀中笑著站起來！更要讓自己因為這些失敗經驗的滋養，成為更精采、茁壯的人！」

那天，在川貝推薦下，我買了美濃油蔥酥、紅豆和白玉蘿蔔，滿載而歸！

當川貝送我到店門外，揮手說再見時，他開朗堅定的眼神似正透露這樣的訊息：

「我十四歲，沒錯，今後還可以失敗很多次！」

哎，一點就通的川貝啊！

於是我開心的想，不論現在或將來，不論輸或「領先對手一步」，這聰明小子，一定都能——樂在「棋」中的！

說對的話，做對的事，照顧好自己！

Light everyday with joy and smile！

「每當生活中有許多bullshit屁事，讓我超崩潰，我就想大喊一聲f××k！……」

一年前，一位讀者署名「每天都感到很受傷的黑輪」，請出版社轉給我的信上如此寫著。

黑輪信上提到，媽媽在他小五時過世，直至現在，只要想起過去，媽媽騎摩托車載他去安親班上課、去7-11買茶葉蛋或關東煮讓他開心的往事，仍會爆哭一場！

因為媽媽離開後，這世上已無「讓自己開心的人」！

尤其當同學射他橡皮筋霸凌，或當他準備坐下卻故意把椅子拉開陷害他時，雖也想和他們開幹，但卻總只窩囊低下頭不做聲，加上最近減肥一再失敗，他因此更加否定自己……！

由於收到這低潮信時，出版社正欲辦一場讀者聯誼，於是我便特別回信，邀請黑輪參加。

那日，見到黑輪時，他穿條紋運動衫、垮褲，因微胖不時拭汗，又因緊張，說話屢屢跳針。

當他拿了瓶清涼氣泡飲後，我便端了杯愛心拉花咖啡，示意他到外面小花園聊天。

閒談中我問黑輪，是否知道日本軟銀集團總裁、超級富豪孫正義？

黑輪搖搖頭。

於是我告訴他，這位科技大亨幾年前，前額變禿，毒舌網友便抓住這許多男性的痛處，嘲笑他：

「髮線後退速度還真快！」

但強調「只朝大處看，絕不迷失在瑣事、雜音裡」的孫正義只微笑秒回：

「不是我的髮線退後了，而是我的人生前進了！」

有廠商便把這幽默自信之妙語，印在運動衫、咖啡杯、棒球帽上，據說許多人都因此受到激勵。

我建議黑輪也向孫正義看齊！

學習他正向思考、建設性思考、陽光取向思考，更學習他的幸福說話術，在媽媽離開後，代替媽媽成為「這世上讓自己開心的人」！

而所謂幸福說話術，我提醒黑輪，尤其包括對自己說話時，要進行有效敘述。

比方——說我要減肥、我要運動、我要慢跑、我要早起、我要做一個更好的人……，便是無效敘述。

但若說我要減×公斤、我要慢跑三十分鐘、我要每週打籃球三次、我要早上六點起床、我要每天至少對五個人微笑等，像這樣定出明確、具體做法，把事情量化、數字化，可進行目標管理，便是有效敘述。

告訴黑輪這些外，那天，我還送了本書《別為小事抓狂：閃亮青春１００招》給他，並在扉頁題字：

Light everyday with joy and smile！

後來，黑輪來信說他會「砍掉重練」後，我們便未再聯繫了。

不知他現在過得可好？是否開心許多了呢？

✦

今晚，皎月當空，不知為何，竟忽然想起，一年前這曾在讀者聯誼會上與他暢談的不快樂男孩。

看著窗外最亮的那顆星，我不免在心中如此祝福：黑輪，請一定記得，要說對的話，做對的事，照顧好自己，讓人生不斷前進喔！

但願是小叮噹

態度是未來的預言家。

「這真是糟糕的一年！」

強烈寒流來襲的十二月冬夜，坐在書房裡，當司康回顧這即將逝去、許多事都不如預期的一年時，非常沮喪的這樣對媽媽說。

向來樂觀的媽媽正想引雪萊名言「冬天到了，春天還會遠嗎？」安慰、鼓舞司康時，恰瞥見了司康書架上擺的小叮噹玩偶。

小叮噹的日文發音是「哆啦A夢」。

那是司康童年時代很喜歡的卡通漫畫人物——一個貓形機器人，因受主人野比世修託付，從二十二世紀來到二十世紀，全力幫助並保護野比世修的曾祖父野比大雄。

這有趣的卡通漫畫故事，充滿創意可愛的科幻想像。司康就曾興沖沖告訴過媽媽，小叮噹的四維空間口袋裡，有很多屬於未來世界的發明，那是小叮噹的法寶，比方說——吃過後就可以不必擔心考試的記憶吐司啦、一扇可以到所有地方的任意門啦，以及，能穿越時空隧道的時光機，等等。

記得有一次，司康還跟媽媽提到，糊裡糊塗的大雄，利用任意門去好友靜香家玩，一不小心竟來到浴室，氣得正在泡澡的靜香狠狠潑了大雄一身水！

時至今日，媽媽都還記得，司康說這故事時臉上充滿笑意的表情。

那時，司康雖調皮搗蛋——

「一天到晚闖禍！」

他爸爸常這樣說，但司康卻總笑得開朗活潑，像帶了一個小太陽在身上似的。

但，是從什麼時候開始，媽媽尋思，烏雲竟把這太陽的溫暖和光亮遮住了呢？

「哎，真但願自己是小叮噹呵！」

媽媽忍不住這樣想了。

因為這樣，她就可以從自己口袋裡，掏出微笑餅乾、樂觀巧克力、信心漢堡、意志蛋捲、開心刈包、智慧麻糬、希望牛軋糖……等各種司康所需要的愛心法寶幫助他，讓他再現往日的陽光風采！

「ㄟ，媽，妳笑什麼？——」

就在媽媽沉浸於往日回憶時，司康打斷了正想著小叮噹的媽媽。

「沒有啦！」

媽媽說。

然後，她看著司康清瘦憂鬱的臉龐，回到司康原先所說「糟糕」一詞，唉，一個在媽媽字典裡絕不存在的字眼！

於是她誠懇提醒司康，不要那麼傻呼呼就被一時的挫折擊倒：

「世界末日又沒發生！失敗也是一種成長學習啊！」

然後媽媽說：

「如果這一年真有什麼錯誤、疏失，就把它delete掉，再重新start嘛！要知道，這一生都是你的機會！糟糕的不是過去發生了什麼？糟糕的是你一直帶著負面想法生活。請相信媽的話——態度，就是未來的預言家！所以，經常給自己正面、樂觀、開心、美好的暗示，好嗎？」

看司康陷入沉思的表情，媽媽忽然忍不住想，其實，她不必但願自己是小叮噹。

她本來就是男孩生命中，總適時伸出援手的小叮噹！而所謂微笑餅乾、樂觀巧克力、信心漢堡、意志蛋捲、開心刈包、智慧麻糬、希望牛軋糖……，也本來就都在她的愛心口袋裡！

這現實版小叮噹，可是如假包換的真實人物和故事，一點也不科幻啊！

媽媽認真的這樣想。

寧馨溫暖的冬夜交談，最後，是以媽媽提出旅美詩人非馬的小詩〈冬〉，和司康共讀、分享作結束的：

越冷的日子
希望的爐火越旺

我們心中
沒有能源危機這回事

離開司康書房前，有著不可救藥樂觀天性的媽媽，給了司康一個大大的愛的擁抱，並且信心滿滿告訴自己，她一定可以帶領司康，微笑面對人生，走向積極自信之路的！

因為，態度是未來的預言家啊！

愛與痛的練習曲

所謂希望，就是義無反顧的耐心！

「看過《聖鬥士星矢》嗎？是很棒的日本漫畫喔！」

曾經，一位叫威風的男孩如此問我。

我微笑搖頭。

喜愛這奇幻漫畫的威風，立刻建議我一定要看！

並且熱情告訴我，在這奇幻故事裡，聖鬥士星矢是保衛女神雅典娜的武士，也是一個重視親情，充滿愛、夢想、冒險精神的勇者——

「人很溫暖咃！」

他補充。

由於熱愛《聖鬥士》，尤愛「星矢」這充滿柔光與速度暗示的名字，因此戚風媽媽有時會開玩笑，甘脆就直接叫戚風「星矢」。

國一那年，戚風心血來潮，曾手繪星矢圖像。

他在一張A４黑紙下方，塗滿繽紛明麗的七彩碎花。畫面上方，則綴以星光輝閃的晶燦銀河。

披著帥氣銀盔甲的聖鬥士星矢，便以頂天立地之姿，微笑立於畫中央……。

戚風媽媽永遠無法忘記，初見此畫時的驚喜！

不只因為畫面佈局、線條、細節設計，乃至戚風別出心裁的以黑紙作畫，充分顯示了他的創意；更因為媽媽覺得，那其實就是威風自己的精神自畫像，映現了他溫暖、堅強、理性、光明、人格獨立等美好特質！

暱稱威風「星矢」，便是那時開始的。

而威風，也的確是懂事體貼的男孩，以致媽媽最常對他說的一句話便是：

「ㄟ，威風，媽真的忍不住要讚美你吔！」

然而國二下學期，是因為在成長路上迷失了自我，彷彿「被魔神仔牽走了」的緣故嗎？體貼溫暖的威風，不但染上煙癮，更成了經常以言語衝撞爸媽的叛逆少年，像用密刺把自己包起來的仙人掌，一點也碰不得！

對媽媽而言，那情境，那過程，真是一生中最傷心、也最必須以包容去面對的，啊，愛與痛的練習曲了。

而不斷被仙人掌利刺有意、無意戳傷的媽媽，是多麼希望，日曆能跳過那黑暗的一天啊！

因為就在那從未預期的一天，當戚風嗆聲「爸媽管太多」，又不滿零用錢給太少後，氣憤之餘，竟在朋友慫恿下，離家出走了！

憂心如焚、淚落不止的媽媽，徹夜未眠，天明時眩暈宿疾發作，嚴重到出現失語現象，被送往醫院緊急治療，醫生診斷須住院觀察。

所幸在爸爸仔細照顧下，一度衰弱不堪的媽媽，雖體重持續下跌，情況令人擔憂，但終還是漸恢復健康，而在外游蕩數日的戚風，最後也因警方全力協尋，在媽媽出院前一天，平安返家。

為此媽媽雖傷痛無比，但對戚風仍抱以樂觀期望。

因為她深信，陷在成長風暴圈裡的威風，只是一時走不出內在的迷霧、紛亂與糾葛，只要給他足夠時間，這饒富聖鬥士氣質的男孩，必能戰勝內在陰暗、負面力量，成為自己的英雄的！

「所謂希望，」

媽媽總說：

「就是義無反顧的耐心呀！」

就這樣，許多個日子過去，當義無反顧的耐心持續。

當堅持不凋的守護默默相隨。

當走過顛簸心路的威風逐漸成熟，看見親情的深度。

當親情的深度引動滾燙的熱淚，終澈底溶化一顆由堅冰頑封的心時——

那曾經令人焦慮的漫長日蝕結束了，死寂的荒原重新開花。

陽光復現，微笑復現，往昔溫暖、理性的美好潛質復現，冬眠的聖鬥士真的復活了！

一切，就如從不放棄希望的媽媽所深信、預見的那樣。

然後，當戚風告訴媽媽，他已戒菸成功，正積極練跑，準備參加生命中第一場全程馬拉松比賽時，媽媽對男孩的回答，仍是那親切熟悉的：

「ㄟ，戚風，媽真忍不住要讚美你吔！」

✦

如今，距離戚風問我是否看過《聖鬥士星矢》，已好幾年了。

我仍未讀這故事。

但我想，知道人間有一首愛與痛的練習曲，在歷經最撕心扯肺的高音後，終寫上休止符，應遠比知道一部漫畫的情節內容，更值得開心吧！

而如果，是的，如果你問我，這受傷的親情終獲得療癒的故事，究竟隱含著什麼訊息密碼？

那麼我的回答，只有三個字。

那便是，淚光閃動的——

信！

望！

愛！

有一個男孩叫「豆皮」

你要做友善的，還是可怕的人類？

1. 利用暑假「鏟除肥肉」

大約兩個月前，社區裡的跑步團體忽然來了一個國二男孩。

大家都叫他豆皮。

據說是希望利用暑假時間「剷除肥肉」，故和媽媽一起加入跑步社的。

我和豆皮不熟，不過發現他頗認真，即使有時媽媽缺席，豆皮也一個人來和社區裡的伯伯叔叔阿姨一起練跑，一週三次，每次一千到三千公尺，從未「曠課」。

常常，看著豆皮邁步如飛的青春身影，除讚歎他跑姿神氣漂亮外，更覺得他其實沒什麼肥肉好鑵！

但年輕世代願從事戶外運動，而不是蹲在網咖消磨時間，或盯著3C面板玩電動、滑手機，總是件值得稱許之事！

暑假接近尾聲，八月底練跑時，豆皮忽對教練說，他開學後就沒時間來跑了，為此，暑假結束前最後一次練習，想跑五公里，也就是五千公尺，不知教練哥哥是否允准？

所謂教練哥哥，是社區請的一位體育系工讀生，專長為田徑。

這位年輕教練過去就曾鼓勵大家，逐漸增加慢跑里程數，如今有人主動提出請求，當然，教練哥哥不但允准，且立刻就現場徵求志願陪跑者！

結果，在只有我一人舉手的情況下，青少年豆皮，和熟齡女子我，便因此結下了一場難得的兩人共跑善緣。

這場初秋晨跑起點，是新北市著名的風景區碧潭，沿新店溪右岸跑至陽光橋，再折返至原點。

當其他人跑完一到兩千公尺紛紛離去時，整個金曦初露的寧靜水岸，就只剩豆皮和我均勻且有節奏的踏步聲，此起彼落，交相呼應了。

而由於所謂健康慢跑，是以能維持輕鬆交談為原則，因此最後三千公尺，豆皮和我，便有一搭沒一搭聊了起來。

豆皮說，他這兩天正在寫「閱讀心得」。

因為學校規定，暑假每人要挑一本好書閱讀，然後還要寫報告，開學時交，若寫得好，會被老師選為校長盃文學獎的參賽作品呢！

2. 小狐狸買手套

「那你寫哪本書呢？」我問。

「本來想寫《心靈雞湯》的——」

豆皮說：

「可是太厚，來不及讀，剛好弟弟桌上有一本童話《買手套》，說是日本家喻戶曉的故事，我翻了一下被吸引，就決定寫它了。」

我很高興，豆皮選了這經典童話來寫讀書報告。

因為《買手套》是有「日本安徒生」（註）之稱的童話作家新美南吉代表作。

這位年僅三十歲就不幸早夭的作家，和日本另一位兒童文學大師宮澤賢治齊名，素有「北宮澤賢治，南新美南吉」之稱，兩人作品也不斷被選進日本小學教科書。

「而且——」

忽然，豆皮打斷我思緒說：

「聽說日本小孩小時候都會讀《買手套》，所以這有趣的故事，被認為是日本人共同的童年記憶喔！」

晨風習習中，我望向早秋新店溪澄碧的水流，覺得這「共同記憶」的講法真好。

而做為日本兒童必讀的經典童話，有趣的是，《買手套》故事主角不是人，而是一隻天真未鑿、從未與人接觸的小狐狸。

由於小狐狸媽媽曾見識、領教過人類凶惡的面貌行徑，心理創傷難以復原，因此對人始終心存戒備、畏懼。

《買手套》一書故事，便是敘述隻身到人類世界買手套的小狐狸，雖被店老闆識破狐狸身分，但後續發展並未如他母親所言那樣：

「人類不但不把手套賣給你，還會把你抓起來，關進籠子裡！」

卻反而給了小狐狸一雙溫暖可愛的兒童手套！

然後，小狐狸雪夜歸家途中，所見人類世界，燈光點點，亦是一片柔和安詳景象，以致狐狸媽媽在得知寶貝孩子與人類互動的美好初體驗後，也不免於困惑中，修正了她對人類的刻板印象而喃喃自語：

「也許人類真的是友善的，也許人類真的是友善的吧……！」

3. 人類到底可怕，還是不可怕？

當我告訴豆皮，我也讀過這童話時，豆皮叫起來：

「真的？」

並且看我的眼神，露出難以置信的表情，但看得出蠻高興的。

於是我告訴他，這個故事的作者新美南吉，以一枝生動之筆，雖鋪敘了一個充滿童心童趣的故事，故事裡小狐狸萌翻了的形象，令人難忘，但新美南吉真正的目的，是在透過人和狐狸的互動，提出一個耐人尋味的課題——人類到底可怕，還是不可怕？——並邀讀者共同思考。

「那妳覺得人類可怕，還是不可怕？」

彷彿快劍出鞘，想不到豆皮竟秒提此問，猝不及防間，我一時為之語塞，跑步速度也慢下來了。

當重又跟上豆皮時，我給他的回答是：

「不可怕！」

「為什麼？」

哇，如此乘勝追擊，豆皮這傢伙，我暗想，還真不好對付哩！

4. 大象孤兒院

但我腦海浮現，另一本敘述真實故事的書《大象孤兒院》，於是決定舉這真實事例告訴豆皮——

在非洲，非法盜獵、走私象牙，曾造成許多幼象失去父母、難以存活。為此，一位野生動物專家達芙妮，便在肯亞創辦了一所「大象孤兒院」，專門收容、照顧這些無父無母的孤兒象，直到牠們學會獨立生活，具野外求生本領，才放歸大自然。

大象孤兒院四十多年來，已拯救上千隻幼象！

雖然達芙妮今春去世，但這所孤兒院目前仍持續運作，且已成為具高度影響力的動物保育組織。

「從這角度看——」

我問豆皮：

「人類不是很友善嗎？」

「可是那些盜獵象牙、讓野生動物瀕臨滅絕的人，還是很可怕呀！」

「沒錯！所以——」

我順著豆皮的思索路線，也乘勝追擊，提出結論：

「所以，《買手套》故事，讓人深刻反思的地方就在這裡，它讓你在動物倫理的課題上自我回答——你要做友善的人類？還是可怕的人類？」

5. 快樂王子

終於，豆皮沉默下來了。

接著，他抹去額上汗水說：

「哇，想不到童話也不簡單，居然還有這樣的『機關』，好像也很適合成人讀吔！」

「對啊——」

我表示贊同：

「像王爾德童話《快樂王子》，成人就比小孩更適合閱讀！」

「快樂王子？ㄟ——」

豆皮眼睛亮起來：

「我國小有看過喔！」

當美麗的碧潭吊橋清晰在望，這五公里跑程，終因一個意外話題的交談，格外顯得特別起來。

在置物櫃前分手時，我遞給豆皮一根香蕉，並且說：

「ㄟ，豆皮，開學後，如果功課沒那忙，也可以來跑嘛！」

他笑笑點頭離去。

看著那真的一點肥肉都沒有的身影，我決定下回，要邀他再跑一次五公里，甚至——十公里？

然後，我們再好好聊一聊，或許就聊——

王爾德的《快樂王子》吧！

註：日本童話作家宮澤賢治、新美南吉、小川未明三人都有「日本安徒生」之稱。

可愛的米奇、米妮之外

好詩使人淨化，提升內在。

1. 限量版的米老鼠海報

元月，南下返鄉回美濃過年時，曾陪侄孫女，到同村女孩桂圓家閒聊。

兩個女孩今年升國中，是非常要好的同班同學，連短髮都剪成相同的可愛式樣，非常有趣。

當我在桂圓房間，看見牆上掛著一張充滿設計感的米老鼠海報時，曾特別走近前去仔細端詳。

桂圓開心說：

「那海報是限量版的喔！」

接著又補充：

「是前年，我們全家去美國佛羅里達州．迪斯耐樂園玩的時候買的……」

「怪不得——」

桂圓話還沒說完呢，一旁的侄孫女便以恍然大悟口氣，插進話來：

「怪不得那回，美術老師問全班——如果說起文學、藝術作品中的動物，你們會想到什麼？——妳立刻就搶先回答說：

『當然是米老鼠——米奇、米妮啦！』……」

被好友如此吐槽，桂圓露出超萌微笑。

我也忍不住笑了。

因為那的確是一個童趣十足、幸福可愛、也是桂圓忠於自己的回答啊！

最近，因偶然讀了兩首以老鼠為主題的詩，心中頗有所感，思緒不自覺飄回年初場景，遂很自然想起了桂圓。

這兩首詩分別是：

十八世紀英國詩人彭斯（Robert Burns）的〈致一隻老鼠〉，和二十世紀美國詩人康明思（Edward Estlin Cummings）的〈抬頭對著我〉。

雖然這兩位詩人所處時空不同，兩首以老鼠為主題的詩，寫法也大異其趣，但相同的卻是——都在作品中，傳達了對弱勢者的同情關切，也分別就人和動物的倫理關係，進行了真誠且耐人尋味的思考，值得細品。

2.「老鼠過街，人人喊打」的集體粗暴

彭斯，是英國家喻戶曉的詩人，〈致一隻老鼠〉是他最膾炙人口的代表作。

這首詩的創作背景，是某年初冬，彭斯在田裡翻土耕種，一不小心，鏟壞了一個鼠窩。

看著老鼠辛苦打造的「溫暖小居」，在自己「殘酷的鋤頭下」，破敗不堪，又看見受驚的母鼠倉皇奔竄（或許，還看見這鼠媽媽，是帶著孩子一起逃亡吧！），總之，彭斯滿懷歉疚，心生不忍，遂提筆寫下了這傳世之作。

詩中，彭斯向倉皇逃走的母鼠「妳」道歉，且溫暖表

示，老鼠偷取人類糧食，不算罪過，「因妳也得努力活下去！」，何況「妳」所取，只是一丁點兒，不會造成人類糧食匱乏呀！

接著，彭斯以同情口吻，對自己造成老鼠寒冬無處落腳，深表遺憾愧疚；又一改原先從人類高度，安慰老鼠的姿態，轉而向「妳」交心傾訴，發抒內在苦悶。

全詩親切與老鼠對話，充分顯示了人道主義精神，和對待動物的平等心。

若對照我們傳統「過街老鼠，人人喊打」的集體粗暴，這種對落難鼠輩展現的體貼、惻隱之心，真令人動容！也難怪〈致一隻老鼠〉成為彭斯代表作。

3. manunkind

至於美國詩人康明思的〈抬頭對著我〉，同樣，也在詩中傳達了對弱勢動物的同情關切。

詩人余光中曾稱康明思是「美國詩壇頑童」，「愛」和「自由」是他生命的兩大信仰。

由於康明思創作靈活不羈，喜歡跳脫框限，大膽對語言進行實驗，故他曾在mankind（人類）一字中，插入具否定意涵的un兩個字母，而成新字——

manunkind

藉以暗示人類的殘酷、不友善等。

透過這樣的認識，再來讀康明思〈抬頭對著我〉，便不難了然於心了。

簡言之，〈抬頭對著我〉是首簡單易懂的小詩，書寫一樁即將發生的死亡事件。

詩中敘述者「我」，是一個放置藥餌、毒殺老鼠的人。全詩定格在——中毒垂危的老鼠，和人（投毒者），隔著地板，相互對視的短暫瞬間。

投毒者是來檢視滅鼠績效如何的。

而身中劇毒、氣若遊絲、奄奄一息的老鼠，則彷如聖者般，原諒了毒殺牠的人類，只安靜凝視著投毒者，彷彿在問：

「我做了什麼，是你不曾做過的呢？」

看似溫和，實則嚴厲的驚天一問，直指我們脆弱的良心，令人無法閃躲迴避！

是啊，比起鼠類為求生存而偷食的行為，人類惡行豈不更多、更嚴重？若老鼠竊取丁點食物，要受到如此嚴厲制裁，那人類呢？

全詩雖僅簡潔八句，卻飽富戲劇張力，充滿悲憫、諷刺，而卑微弱勢的老鼠無言受難的畫面，凸顯、落實了manunkind一字的批判與指控，尤令人省思低徊。

4. 詩使人淨化

記得上世紀美國總統甘迺迪曾說：「權力使人腐化，詩使人淨化」。

的確，好詩能使人淨化，提升內在。

由於彭斯和康明思這兩位詩人的動物詩，讓我對「尊重生命」的課題，和以慈悲、同理心去看待世間動物的可能，開始有了新思考，因此，我想起了桂圓，啊，這喜歡米老鼠的新新人類。

並且深深希望，如有機會，她和侄孫女，也都——能讀到彭斯和康明思這兩首以老鼠為主題的詩。

能在幸福可愛的米奇、米妮之外，看見詩人，對沉默受難的無名之鼠的深刻描述；然後，透過一個全新、迴異的觀察和關懷視角，獲得可貴的成長。

和我一樣！

那麼，明年返鄉過年，若再和桂圓與侄孫女見面，我想，我應會把這兩首動物詩拿出來，與她們共讀、共同切磋討論，且——

共同思考、推敲某些人道課題吧！

菜鳥．超人．作家夢

忠於自己、快樂自信、持續成長。
永遠處在一個向前、向上的生命狀態！

1. 和一位十四歲男孩雲端互動

在××國中擔任校園文學獎評審時，認識了貝果。當頒獎典禮結束，學校曾安排我們三位評審，和「寫作社」同學座談。

我注意到貝果，是因——

首先，他說他雖未得獎，但會「繼續寫下去！」

其次，座談結束，他拿了一本我的作品要求簽名，並且，看得出是鼓起很大的勇氣問——可否把email給他？

因為他還有「重要問題」想問我。

遲疑片刻，被那熱切真誠、令人疼入心的眼神感動！

於是，我，和一位十四歲男孩，開始雲端互動了。

貝果告訴我，他雖是「菜鳥一隻」，但心裡真的有作家夢！

不過原先他最早的夢，是想當忍者。

因為童年時，和爸爸看日本時代劇，覺得一身黑色勁裝，蒙臉露出眼睛，咻咻咻吹暗箭、擲飛鏢的神秘客，好厲害！

後來讀小一時，有天晚上他上床不久，起來到客廳找媽媽，恰好鄰居來訪，媽媽斥責他穿內褲出來「不雅觀」！

他當時委曲的想，內褲外穿的超人，一天到晚飛來飛去，不但沒人說他不雅觀，還把他當英雄！於是有點受傷的小小心靈，便又開始夢想當超人了——

不過，不是嚮往超人行俠仗義，而是因為超人可理直氣壯「穿內褲趴趴走」！

還好後來他瘋狂迷上樂高，忘了幼稚的超人夢，立志當建築師。

小四時，又有段時間想當五星級名廚。

而在那之後，因喜歡閱讀、塗鴉，從中也得到不少樂趣，作家夢就一直持續到現在。

2. 一隻燕子不能造成春天

但這次校園文學獎沒得獎，令他深感挫折，尤其在頒獎典禮上看見得獎者「放閃」，心裡很羨慕！

因此貝果問我：

「怎樣才能寫出一篇得獎的文章……？」

我回覆貝果，與其問，怎樣寫出一篇得獎的文章？不如問，怎樣寫出一篇好文章？

因為寫作是件單純的事——

「不是為了比較、得獎、放閃喔！」

希望他不要把寫作複雜化、功利化、虛榮化。

當然，所有青春寫手，都需要一個文學擂臺，和志同道合者相互切磋、「華山論劍」一番。

「但如果你把這當成是一個學習、成長的機會，請相信我——」

我真心的說：

「會快樂許多，也收穫許多！畢竟，一隻燕子不能造成春天嘛！一次得獎，也不能保證或證明什麼？」

3. 文字樂高、文字料理

我盡量說得具體：

「別忘了海明威《老人與海》被退稿四十多次、J.K.羅琳的《哈利波特》也被出版社拒絕了十幾次呢！

重點是，你是否在做一件你真正喜歡，又對這世界有意義的事？」

至於怎樣寫出一篇好文章呢？

我告訴貝果：

「這可是古今中外，所有作家都在不斷自問的一個課題吔！」

然後，我寫下自己的私房心得供他參考：

「其實，寫作就是玩文字樂高、文字料理。

好文章，就是好的文字樂高、文字料理。

這個『好』，可從what和how兩方面來說。

what便是——你在文章裡說的是什麼？

how便是——你如何說？

如果用文學專業術語來表述，what就是主題內容，how就是形式技巧。」

當然，天下之大，任何主題內容都可以寫、都可以自由發揮，但我請貝果一起思考：

「如果出以真誠，去寫能溫暖、感動、激勵、撫慰、療癒人心的作品，在這似乎並不那麼快樂的世界，會不會比較好？」

至於how，寫作技巧嘛，我告訴貝果：

「不妨先從基本功下手，而閱讀，正是培養寫作基本功的絕佳途徑喔！」

4. 妳肚子裡有東西，我肚子裡沒東西嘛！

然後，我告訴貝果一個好玩的笑話。

這笑話出自清代一本趣書《笑林廣記》。

大意是說，某書生某日寫不出文章，哀聲歎氣，坐立難安，感覺很不ＯＫ！

他懷孕的妻子在旁忍不住問：

「寫文章這麼難喔？比我生小孩還難嗎？」

書生秒回：

「比生小孩難多了啦！」

當妻子再問「怎見得？」時，這天才丈夫倒一針見血點出關鍵所在：

「因為妳肚子裡有東西，我肚子裡沒東西嘛……！」

我不知貝果收email，看到這裡，是否曾會心一笑？

記得畢卡索說，關於藝術創作：

「在別人是東尋西覓，在我是俯拾皆是！」

如此超然自信，真是「肚子裡有東西」的最高境界啊！

5. 羊奶出在羊身上

而所謂閱讀，我提醒貝果：

「也包括閱讀大自然、人間、這個世界喔！

這就是古人說的『在無字句處讀書』的意思。

總之，去充實、豐富、提升自己的內在，累積創作能量，絕對是讓『肚子裡有東西』的不二法門。」

然後，我還建議貝果——

創作時，文字應力求精準到位。

因為我曾在校園國、高中學生作品中，看過這樣的句子：

「咬緊舌根」。

「羊奶出在羊身上」。

「眼淚掉落地板，劈叭作響」。

——前兩句其實應是「咬緊牙根」、「羊毛出在羊身上」，第三句則完全不合常理、邏輯。

更離譜的則是，曾看見同學引古人名句，把春光旖旎的「群鶯亂飛」，寫成驚悚恐怖的「群鷹亂飛」！

像這樣不能精準到位的敘述，雖說是細節，也實難令人稱賞，更難說是好文章啊！

6. 春風又綠江南岸

最後，我給貝果的另一個建議是——

要以「零錯字」為目標、要多修改。

因為這是品質把關的重要動作，也是認真看待創作的敬業精神。

為此，我特舉王安石故事告訴貝果：

這位宋代詩人，因所寫詩句「春風又到江南岸」中，「到」字不理想，曾不厭其煩先後改成「又入江南岸」、「又過江南岸」、「又滿江南岸」等，反覆斟酌推敲，最後才以「春風又綠江南岸」拍板定案！

結果，一個無可取代的「綠」字，不但照亮了整句詩，也成為傳誦不絕的名句和美談。

至於清代詩人也是美食家袁枚說的：

「一詩千改始心安！」

當然「千」字有點誇張啦，但袁大美食家意在強調多修改，乃至前述海明威《老人與海》一書，據說修改數十次才出版！等等，嚴謹認真對待作品的態度，都值得心懷作家夢的晚生後輩，參考學習啊！

7. 人生充滿無限驚喜與可能性

在上述建議外，我則另稱許貝果，他童年的夢想——忍者、超人、五星級名廚等等——其實，都好可愛！

不過人生充滿無限驚喜與可能性。

有作家夢當然很好，但不必太早就劃地自限，因為人生很長，也許，將來他又會發現比當作家更喜歡、更適合自己去做的事，也不一定。

只要忠於自己、快樂自信、持續成長，永遠處在一個向前、向上的生命狀態就好了。

「而不論如何，」

我強調：

「你絕非菜鳥一隻！你是有夢想、有企圖心、認真在尋找人生定位的優質青少年吔！」

✦

那已是兩年前的往事了。

時至今日，我仍無法忘記貝果那令人疼入心的眼神。

不知他現在可好？還寫作嗎？

憑著那股青春熱切與真誠，我祝福，也相信，不論他朝什麼夢想奔馳而去——

都能達標！

謝謝你的七龍珠、海賊王公仔

為了健康和營養均衡，
討厭的胡蘿蔔，是不是偶爾也該吃一點？

1. Fun輕鬆作文班

書桌上擺著一個七龍珠公仔、海賊王公仔。
是一個叫起司的男孩送的。
那是起司和爸媽去日本旅遊時，在東京秋葉原買的。
「都是萬年不敗型款喔！」起司強調。

我感謝這暖心男孩，把心愛的寶貝公仔送我。
更高興他把我當朋友，一個忘年跨代的朋友！

✦

我和起司，是半年前在「Fun輕鬆作文班」認識的。
Fun輕鬆，是我研究所學妹創立的小學堂，以提升國中生作文能力為主。
她曾找我上過幾堂課。
偶爾經過那牆邊擺著薄荷、薰衣草、迷迭香盆栽的私人小學堂時，我也常進去和學妹哈啦一番，Fun輕鬆一下。
那日中午，和學妹約好，帶著她喜歡的法式長棍麵包，才進Fun輕鬆辦公室，一位家長恰有事找學妹商談，我便到隔壁空教室裡等她。

但，其實，教室不空。

因為起司就坐在窗邊吃便當。

2. 看漫畫像吃冰淇淋、炸薯條、巧克力，超爽！

我走過去，和他一陣閒聊後，起司便說起過去所讀的××國小，校長很古直可愛，曾把校長休息室打造成「漫畫空間」，收集了兩百多本漫畫，獎勵表現好的同學，午休時可來此閱讀。

「因我爸是家長會長，很支持——」

起司說：

「還捐了沙發坐墊，讓大家可以看得很舒服喔！」

起司說，他喜歡的漫畫《七龍珠》、《海賊王》、《火影忍者》、《原子小金剛》、《怪醫黑傑克》、《金田一少年事件簿》幾乎都是在這裡看的，國小畢業已成漫畫控。

「那漫畫外，你看不看其他書呢？」我問。

「不看！」

起司斬釘截鐵回答：

「因為看漫畫很輕鬆！看其他書，尤其字多的書，很燒腦！」

他並且以有趣的比方說：

「看漫畫像吃冰淇淋、炸薯條、巧克力，超爽！看文字書就像吃討厭的胡蘿蔔、苦瓜、芹菜，呃—受不了！何況現在功課忙，也沒時間看字多的書……。」

「但光吃冰淇淋、炸薯條——」我問：

「會不會營養不良？為了健康和營養均衡，討厭的胡蘿蔔這些，是不是偶爾也該吃一點？」

起司笑笑沒回答。

3. 有字少的書嗎？

「所以啦！」

我說：

「那漫畫外，是不是也讀點文字書會比較好？因為文字閱讀，可以提升我們思考能力、表達能力嘛，這可是漫畫辦不到的喔！」

「為什麼辦不到？」

起司反問。

「因為漫畫以圖像為主，」

我試著盡量說得簡單明白：

「看漫畫，是被動接受圖像傳給我們的訊息；但文字閱讀，卻需要我們在腦海裡，主動把文字轉成畫面和圖像，這就是想像力、思考力的鍛鍊，所以——」

看起司沒吭聲，我繼續說：

「在這閱讀多元化時代，最富成長效益的閱讀，畢竟，還是文字閱讀！」

接著我提醒起司，就像沒時間練長跑的人，可以練短跑一樣，如果他沒時間看「字很多的書」，就看字少的書啊！

「有字少的書嗎？」起司問。

這回輪到我笑了。

我沒有正面回答，只問起司，小學是否讀過「紅豆生南國，春來發幾枝，願君多采擷，此物最相思」這首唐詩？

4. 一隻便當，一個我

「有啊！」

起司笑起來：

「不是小學啦，是幼稚園時候，老師教我們背的。」

「那有沒有背過松下問童子……」

話還沒說完，他馬上接了過去：

「言師採藥去，只在此山中，雲深不知處。」

「對吧！如何？」

我問起司：

「一提到這些詩是不是還蠻愉快？

這就是詩的音樂性、節奏感，和美好的修辭、意境、畫面想像，帶來的情感波動，不算是苦瓜、芹菜吧！

所以如果功課忙，沒時間看字很多的書——」

我建議：

「可以讀小詩呀！」

正午，金燦燦日頭下，樹影參差，看著起司快吃完的飯盒，我當下就拈出一首情境相符的小詩告訴他——

一隻便當
一個我
灼灼的陽光
在窗外伴奏（張健〈午餐〉）

沒想到起司聽完，楞了一下，竟感性說，這首詩有寫出他中午一個人吃便當，那種淡淡的寂寞感覺吔！

5. 問魚，快樂嗎？魚回我，一個泡泡！

「那這首呢？」

我另舉一首小詩：

問魚
快樂嗎？
魚回我
一個泡泡！（佚名〈問魚〉）

起司先笑說好玩！

繼則表示，看來小詩好像真的還蠻有趣的，所以漫畫之外，也許他真的可以考慮一下……。

就這麼聊了好一陣子，終於，當那位談事情的家長離去，我對起司說聲byebye後，進入辦公室，就和學妹開心分享起那酥脆的棍子麵包了。

6. 江南可採蓮及其他

那日回家，我一直不能忘記，提起小詩時，起司臉上淡淡的笑意。

於是我挑了幾首古典小詩，請學妹轉交起司。

而我猜，起司應該會喜歡活潑熱鬧的這首：

江南可採蓮，蓮葉何田田。
魚戲蓮葉間。
魚戲蓮葉東，魚戲蓮葉西；
魚戲蓮葉南，魚戲蓮葉北。（漢・佚名・〈江南〉）

也應會喜歡視野遼闊、自由度超up的這首：

敕勒川，陰山下，
天似穹廬，籠蓋四野。
天蒼蒼，野茫茫，
風吹草低見牛羊。（南北朝・佚名・〈敕勒歌〉）

更應對這首高度有感吧：

慈母手中線，遊子身上衣。
臨行密密縫，意恐遲遲歸。
誰言寸草心，報得三春暉。（唐．孟郊．遊子吟）

7. 不錯讀！

幾天後，當學妹告訴我，起司說這些詩都「不錯讀！」時，我又選了幾首現代小詩，請學妹再轉給他——

已經沒車子搭了
你要是堅持
搭鞋子回家
我便騎晚風

陪你（羅青〈回家〉）

小白花，
像托著牛奶杯的天真孩童
到處傾灑著，
風吹來，小杯子一歪，
又灑出去一些（張秀亞〈小白花〉）

當學妹再次告訴我，起司反應「還滿正面」後，我第三次為起司所選、相信他也會覺得「不錯讀」的，是我自己很喜歡的幾首現代詩：

不必推倒那面牆

跳過去
就是原野了（管管〈牆〉）

天上的星星　為何
像人群一般擁擠？
地上的人們　為何
又像星星一樣疏遠呢？（羅青〈答案〉）

生命最終是一塊雕完的木頭
曾被綠葉生長過（嚴力〈詩句〉）

8. 詩人是替心靈擦窗子的人

兩個月前，當我又挑了四首耐人尋味的迷你詩，請學妹把它們交給起司時，特別在詩前，附上了美國女詩人艾蜜莉・狄金遜（Emily Elizabeth Dickinson）和日本學者早川原的名言：

「詩使我溫暖。」

「詩人是替心靈擦窗子的人。」

因為這兩句話——

前者指出好詩很療癒。

後者暗喻，詩，可以「心靈除塵」。

至於那四首迷你詩，則詩題和內文都巧妙呼應：

掛在春天的臉上的，河的微笑

（秀陶〈橋〉）

大大小小的郵票
一張張
落在花心上
想把春天打包
寄到遠方去呢！（林世仁〈蝴蝶〉）

雲老師來巡堂了
滿山的蟬
怕被抽考
一隻隻都扯開喉嚨
大聲喊：「知了！知了」（林世仁〈戶外課〉）

把歌注入跋涉之路
把高山劈出美景
把黑夜流成白天（何光明〈瀑布〉）

9. 發現悅讀新世界

就這樣，「詩」相往來數月，因國中會考將至，我預祝起司考試順利後，便未再聯繫。

上禮拜，起司約我在Fun輕鬆相見。

他開心告訴我，會考成績是四科A＋＋、一科A＋、寫作五級分，總級分三五．二，上×中科學班沒問題！

然後，當他神秘兮兮說有「彩蛋」要送我時，竟然是，哇，把那七龍珠、海賊王公仔，交到了我手裡！

該怎麼說呢？

這個在漫畫之外，在七龍珠與海賊王之外，發現了一個悅讀新世界的男孩啊！

終於，我輕輕吐出幾個字：

「謝謝你的七龍珠、海賊王公仔！」

相視而笑之際，我想，若起司仍願意，那麼，我也願引導他，在詩的世界裡，繼續尋找喜悅、趣味與——溫暖！

那個朱什麼西，是誰呀？

——那天下午，與蝦皮閒聊

更新自己、改善自己，讓大腦升級，
變成一個升級版的我！

1. 最討厭國文！

星期天早晨，收到蝦皮傳來簡訊：

「那首萬紫千紅總是春的詩，我已經背起來嘍！☺✌」

拉開窗簾，陽光迎面灑落，因為這美好的訊息，我格外愉快起來。

蝦皮，是好友年過四十喜獲的寶貝獨子。

上月底，我與好友在某品茗店茶敘，蝦皮也來了，說要當媽媽的「護花使者」，卻被他媽媽當場吐槽：

「說得好聽！根本就是為吃這裡的草莓奶油鬆餅和星座蛋糕才來的好不好！」

雖這麼說，但好友看兒子的眼神滿滿都是愛意。

當好友與我分別點了「東方美人」、「宇治玄米茶」，蝦皮也點了「全糖抹茶奶綠」後，我問蝦皮，在學校最喜歡哪門功課？

蝦皮回答說英文。

「那國文呢？」

我接著問。

當蝦皮正準備開口，好友便先搖頭歎氣說他最討厭國文了！

「哦，為什麼？」

我感到意外。

2. 西班牙情人節是哪一天？

於是蝦皮便一迭連聲說國文老師機車、龜毛，又老喜歡叫同學上臺報告：

「像上回老師說四月二十三日是世界閱讀日，要全班分組報告閱讀的意義、對這節日的感想。

拜託，我哪有什麼感想？還好我們這組其他五個人出力拼報告，我出錢買飲料請大家，分工合作得很好！」

「還好意思說！」

好友瞪了蝦皮一眼。

我低頭微啜一口茶，玄米清香縈繞間，覺得這位老師其實很用心！只是蝦皮沒感受到罷了。

由於好友全家去年到歐洲旅行，曾去過西班牙，於是我便順著這話題問蝦皮，知不知道西班牙情人節是哪一天？

「不知道吔！」

蝦皮聳聳肩：

「怎麼突然問這個？」

「因為西班牙情人節也是四月二十三日呀！」

我說：

「而且這節日還和一個傳說有關呢！」

「真的？什麼傳說？」

看蝦皮睜大了眼睛，似頗感興趣，於是我便告訴他那個西班牙的傳說是——

3. 相愛的男女互贈玫瑰和書

中世紀時，有位公主被惡龍困於深山，某年四月二十三日，勇士喬治入山與惡龍奮戰，英勇屠龍救出公主後，從龍血濺在地上所化成的無數紅玫瑰中，摘了一朵送給公主，公主則回贈喬治……

「你猜——」

我問聽得出神的蝦皮：

「是什麼？」

「當然是寶劍啦！」

蝦皮不假思索回答。

「哪這麼暴力！」

好友插進來酸了蝦皮一下：

「不知道就不要裝知道！」

看蝦皮似乎有點罔，於是我告訴他：

「是一本書吔！因為公主認為書象徵知識和力量，善加運用，更勝寶劍！」

後來，由於喬治屠龍救美的故事傳誦不衰——我繼續告訴蝦皮——四月二十三日就被稱為「聖喬治節」，那個美麗的中世紀傳統也在西班牙一直延續到現在，每逢這天，相愛的男女都會互贈玫瑰和書。

「不是巧克力喔！」

我強調：

「這就是西班牙情人節，和別處不太一樣的地方！而把聖喬治當守護神的巴塞隆納市，每年這天，大街小巷更滿是賣書和玫瑰的市集，幾乎所有男女，手裡都拿著書和花，形成非常獨特的城市風景呢！」

「哇——好浪漫！」

蝦皮不自覺喃喃。

「是啊，書香花香交織，很浪漫！」

我附和且補充：

「後來因為寫《唐吉訶德》的西班牙作家塞凡提斯是四月二十三日去世，英國文豪莎士比亞生日、忌日也都在四月二十三日，更巧的是，許多中外作家，都在這天出生或離世——像南宋理學家兼文學家朱熹，便是這天辭世——所以聯合國教科文組織就把這天訂為『世界閱讀日』，希望推廣閱讀。」

4. 那個朱什麼西，是誰呀？

「好像有點曲折哩！」

好友感歎起來，但蝦皮卻說：

「莎士比亞我知道啦，但那個叫塞什麼的是誰？還有那個朱什麼西，是誰呀？好冷喔，沒聽過！」

「不會啊！像你家大門貼的春聯——」

我提醒蝦皮：

「下聯不是『萬紫千紅總是』……」

「春！」

蝦皮搶著說。

「對啊！那你覺得這句如何？」

「還不錯啦！」

蝦皮點點頭。

「這就是朱熹的句子！」

我告訴蝦皮：

「朱熹有一首題為〈春日〉的四句詩，最後一句就是萬紫千紅總是春……」

話還沒說完呢，好友立刻便以虎媽語氣對蝦皮說：

「回去把這首詩找到，背起來！」

蝦皮挑挑眉毛，無可奈何的樣子，我忍住笑繼續對他說：

「其實朱熹一點也不冷！他可是歷史上有名、也很有影響力的大師級學者喔，連你家附近、你常陪你媽去借ＤＶＤ

的那家『白鹿洞影音書坊』，這「白鹿洞」三字，都來自朱熹當年曾在此著書講學的『白鹿洞書院』呢！」

「真的假的？」

蝦皮有點難以置信：

「那白鹿洞老闆還挺有學問的嘛！」

「不只這樣喔！」

我繼續告訴蝦皮：

「像我們平常常聽到的一些詩句，比方說什麼——『五月榴花照眼明』啦！『少年易老學難成，一寸光陰不可輕。』啦！『半畝方塘一鑑開，天光雲影共徘徊。問渠那得清如許？為有源頭活水來。』啦！

還有一些名言像——

『讀書有三到：心到，眼到，口到。』

『勿謂今日不學而有來日，勿謂今年不學而有來年。』

等等，這些大家耳熟能詳、或具有指南針作用的話，都是朱熹說的，一直對世人很有正面影響吔……！」

5. 朱熹這爸爸好體貼喔！

看蝦皮楞在那兒，彷彿若有所思。

是在想大師跨時空的穿越性和影響力嗎？

於是，我繼續與他分享我個人對朱熹的感性體會：

「不過，我自己最喜歡朱熹也最感動的，是他以父親身分寫給女兒的一首〈無題〉詩——」

「朱熹有女兒喔？」

蝦皮打斷我問。

「別插嘴！」

好友又瞪了他一眼。

「有啊！」

我笑起來：

「朱熹一生淡泊名利，女兒家也很清貧。有一次他去看女兒，女婿不在，家無餘糧的女兒便從院子裡，現摘一把青蔥做湯，又煮了碗麥飯。

當蔥湯、麥飯做好端給父親時，朱熹女兒忽落淚不止，因為她覺得不能以更好的食物款待父親，深感歉疚！

當下朱熹心疼之餘，便寫了一首詩安慰女兒：

蔥湯麥飯兩相宜，蔥補丹田麥療飢。

莫謂此中滋味薄，前村還有未炊時。

意思是，蔥湯、麥飯味道很搭，也都很好呀！因為蔥可以補身心元氣，麥飯可以有飽足感嘛！所以妳不要覺得這素樸的簡餐好像怠慢了我，要知道，前面村子裡，唉，還有人窮得沒米下鍋呢！」

「哇，朱熹這爸爸當得好體貼喔！」

蝦皮又發表高論了，不過這回，我完全認同他的評價：

「是啊！就是因為呈現了一個爸爸發自內心、安慰女兒的溫暖父愛，非常人性化，又將心比心，關懷別人苦難，充滿人道主義色彩，所以這首詩才感動了我。」

6. 歐吉桑大戰風車

「那，那個西班牙的塞什麼呢？」

把盤子裡星座蛋糕吃完，又喝了一大口抹茶奶綠後，蝦皮忽想起什麼似的問道。

「哦，你說塞凡提斯（Miguel de Cervantes Saavedra）啊，他可是世界文學名著《唐吉訶德》的作者喲！」

「唐——？」

「唐吉訶德！」

看蝦皮好像很陌生的樣子，於是我乾脆丟給他一個懶人包：

「唐吉訶德是塞凡提斯筆下人物，是一個雲遊四海、心中有夢、人老心不老的熱血騎士，每天都戴著破頭盔，騎著皮包骨瘦馬，拿一根生鏽長矛，和忠心耿耿的僕人桑丘四處行俠仗義，把維護正義、戰勝邪惡當成是自己神聖的使命，是一個奇幻有趣的冒險故事，也是一部笑中帶淚的小說！

這小說一個普世皆知的經典情節便是——唐吉訶德把原野裡幾十座風車當成『巨人兵團』，還向巨人宣戰，騎馬單挑這群假想敵……」

「啊！」

忽然蝦皮雙眼發亮叫起來：

「我想起來了！小學時候有看過這歐吉桑大戰風車的卡通！還記得那時，大家都笑這傻到爆的騎士是老番癲，有夠白目！」

「也許在世人眼裡是很癡傻自目啦，但——」

我請蝦皮換個角度思考：

「這種癡傻，卻也可能象徵一種可貴的執著，所以我們今天常說的『唐吉訶德精神』，就是指不計成敗、不畏世俗眼光評價，以高度熱情，奔赴理想，永不言敗的那種堅持！」

說到這兒，我自己倒反而有點感慨起來。

7. 去夢那不可能的夢，去摘那遙不可及的星星

因為大學時代，曾看過一部改編自《唐吉訶德》的好萊塢電影《夢幻騎士》，當時曾非常喜歡那電影主題曲〈To dream the impossible dream〉（不可能的夢），不僅曾把歌詞貼在床頭天天玩味，還特別把《唐吉訶德》這本書找來，花了半個月時間一口氣讀完！

猶記那時，我因寫作屢遭挫折，正陷低潮，幾乎想就此放棄不再提筆，免得一再「受傷」！

但，感謝那經典小說，鼓動了我內在蟄伏的唐吉訶德精神，使我再度重燃追夢熱情！

而時至今日，我亦仍深愛，那首把唐吉訶德精神詮釋得淋漓盡致的美好歌詞——

To dream the impossible dream 去夢那不可能的夢

To fight the unbeatable foe 去挑戰那打不敗的敵人

To bear with unbearable sorrow 去承受那難以承受的傷痛

To run where the brave dare not go 且奔向那勇者也不敢前去的地方

To right the unrightable wrong 去修正那無法修正的錯誤

To try when your arms are too weary 去嘗試，即使你雙臂已然乏力

To reach the unreachable star 去摘那遙不可及的星星！

This is my quest 這就是我的追求

No matter how hopeless, no matter how far.... 無論希望多渺

茫，路途多遙遠……

Without question or pause 都不遲疑、停頓
And I know if I'll only be true 我知道只要我忠於
To this glorious quest 這美好的追求
That my heart will lay peaceful and calm 我心將恬靜安寧
When I'm laid to my rest 而當我終於安息
And the world will be better for this 世界將因我的努力變得更好！

——是啊，的確是因《唐吉訶德》啟發鼓舞的理想主義精神，以及這首歌詞傳達的信念，引領一個懵懂少女前進，我的青春才迸出光熱，我的作家夢才得以實現，如今回顧，我的人生，才沒有太多遺憾啊！

8. 告訴你一個祕密

「咦，怎麼啦？」

看我一直沒說話，好友關心的問。

「沒事兒！剛才稍微有點走神！」

我不好意思笑笑。

然後深吸一口氣，從遙遠的過去回來，在玄米茶澀苦清芬中，又重拾方才唐吉訶德話題對蝦皮說：

「現在西班牙還有一條『唐吉訶德之路』，附近有個風車村，都是有名的旅遊景點喔！下次如果再去西班牙，或許你可以到這裡走走，見證一下唐吉訶德的故事，讓旅行增加一點知性、人文色彩，應該很有趣也很有收穫！」

「好啊！」

蝦皮爽快回應，然後彷彿做結論似的：

「哇噢，一個世界閱讀日可以講這麼多！早知道那天國文請妳去報告就好了！」

「喂，喂，注意對長輩的禮貌！」

好友再次端出虎媽架子。

「沒關係啦！」

我笑對她說，然後，心血來潮丟給蝦皮一個彩蛋：

「對了，記得你以前說你是雙子座，有強烈好奇心，所以，如果真對唐吉訶德故事有興趣的話，那下個月過生日，阿姨就買本青少年版《唐吉訶德》送你好不好？」

「Yay，好啊，謝謝嘍！不過——」

蝦皮偷瞄了他媽媽一眼：

「希望有早鳥特價或優惠啦，不要讓阿姨花太多錢！」

哎，如此笑果十足的體貼之言啊！

我忍不住對好友眨眨眼：

「妳教得不錯嘛！」

蝦皮則誇張的抬頭挺胸，一副神氣狀。

看這孩子憨直的樣子，忽然，我覺得還有件事應該告訴他，於是我輕拍蝦皮手背說：

「既然『世界閱讀日』這題目還蠻好玩的，那，叫你們報告的國文老師，其實也還不錯，沒那麼機車嘛！對不對？」

蝦皮歪頭搔搔腦袋，不置可否，表情超逗趣！停了半晌，卻好像認真起來：

「嗯，世界閱讀日現在我知道了，但如果國文老師問妳閱讀的意義，妳要怎麼說？」

大概嫌寶貝兒子一直盧個沒完吧，好友對蝦皮又大搖其頭了。

我故意裝沒看見，笑說：

「就像剛才跟你講的呀，閱讀讓我透過別人的智慧，找到很多指南針，讓我在大腦當機、生活當機的時候，可以更新自己、改善自己，讓大腦升級，變成一個升級版的我，告訴你一個秘密，那可是阿姨照顧、寵愛自己的方法喔！」

9. 可以一日斷食，不能一日斷讀

見蝦皮不吭聲，於是，我索性加碼對這孩子說出心裡私房話：

「信不信？如果一直保持閱讀習慣，人生就一直在更新吔！記得有個叫高爾基的俄國作家曾說——書，使我成了一個幸福的人！——阿姨深有同感，也一直這樣覺得，所以阿姨是個『可以一日斷食，不能一日斷讀』的人喔！」

「哇塞！」

蝦皮怪叫起來。

好友臉上又浮現虎媽表情了：

「喂，控制一下！還有，回去趕快把萬紫千紅那首詩背起來！」

「可是這句之外其他三句咧？」

「不會自己上網查啊！」

老實說，那日茶敘，因為蝦皮這開心果的出現，增加許多有趣話題外，更平添不少活潑氣氛。

只是我怎麼也沒想到，這孩子居然那麼快就把朱熹詩背起來了。

那麼，下回，再把那首我心愛的勵志歌〈不可能的夢〉也教會他吧！

「只是——」

離開窗邊，到廚房去餵愛貓人吉時，我想：

「那可是蝦皮讀高中的時候嘍！」

【後記】

像愛吃魚的快樂貓咪一樣

you are what you eat.

you are what you read.

那日，在臺北高鐵站等候南下列車。

一位貌似韓劇偶像明星孔劉的潮男，從身旁掠過。

修長身影遠去之際，我發現他墨黑T恤背面，印有雪白兩個大字——

突破。

微笑起來的同時，我一方面好奇，這把「突破」二字穿在身上的帥哥，平日如何自我突破？

另方面也不免自問，人生中一路走來，我，又是如何追求突破的？

在跌跌撞撞、踉蹌摸索了很長一段生命歲月後，如今，來到較往昔略微成熟的年齡，若問我有關「突破」的課題，那麼我的回答便是——

人生如欲突破，或是否能突破？

沒有祕笈寶典。

也不必大張旗鼓，更無須劍拔弩張、驚天動地。

卻很平實、簡單的和你是否決心運動？決心閱讀？密切相關。

簡言之，透過持續運動與閱讀，藉由這穩紮穩打的日常練功，我們的身體與心靈、我們的外在與內在、形而下與形而上，都將得到絕佳的營養、成長與照顧。

是的，在愛之外，在對這世界充滿善意之外，我們是否運動？是否閱讀？將決定我們是否擁有優質的人生？

也將決定，在面對艱難挑戰或人生關鍵時刻，我們是否有足夠強壯的身心，有足夠優質、巨大的能量，去穿越考驗，開啟人生新局？

所以若問，人生如何突破？

我的建議很簡單便是——

經常放置一本，或幾本，真正有意義、值得悅讀的書，在背包、床頭、書桌上、馬桶邊。

像愛吃魚的快樂貓咪一樣，當個愛看書的快樂傢伙。

且經常在這些放書的地方，更換新書，透過悅讀，跨時空去結識精采的人類，收獲美好的感動、啟發、智慧，去滋養、豐富我們的人生！

然後，就像某些超級玩家所宣稱的——玩樂不斷電！

讓我們在時光中也不斷電的悅讀，不斷電的運動，不斷電的持續內外練功，那便是我們投資自己、壯大自己、突破昨日之我的基本之道。

若營養學家總諄諄提醒：

you are what you eat.

那麼，延伸此意，我們實亦可說：

you are what you read.

閱讀與運動，造成了不一樣的人生。

這便是突破！

所以，那日，啊，當那名俊帥型男消失在人群中時，我實由衷感謝他藉背影說法，讓我思索人生中的正向作為——例如閱讀、運動——和「突破」這事的連結。

然後，當望穿秋水的列車，終自遠處駛近，停靠月臺，把方才的思緒摺疊收拾好，拉著我心愛的行李箱登車，在始終未曾消失的微笑中，我想誠懇的自我期許，並祝福所有新新人類——

身心平衡發展，動靜得宜，玩樂不斷電，悅讀不斷電！

XBYA0002

愛，就是放下你的手機！

作　　者｜陳幸蕙

字畝文化創意有限公司

社　　長｜馮季眉
責任編輯｜陳心方
編　　輯｜戴鈺娟、巫佳蓮
封面設計｜兒日設計

讀書共和國出版集團

社長｜郭重興　發行人兼出版總監｜曾大福　業務平臺總經理｜李雪麗
業務平臺副總經理｜李復民　實體通路協理｜林詩富
網路暨海外通路協理｜張鑫峰　特販通路協理｜陳綺瑩
印務協理｜江域平　印務主任｜李孟儒

出　　版｜字畝文化創意有限公司
發　　行｜遠足文化事業股份有限公司
地　　址｜231 新北市新店區民權路 108-2 號 9 樓
電　　話｜(02) 2218-1417
傳　　真｜(02) 8667-1065
電子信箱｜service@bookrep.com.tw
網　　址｜www.bookrep.com.tw

法律顧問｜華洋法律事務所　蘇文生律師
印　　製｜中原造像股份有限公司

2022 年 9 月初版一刷　　定　價｜330 元
ISBN ｜ 978-626-7069-74-5　　書　號｜XBYA0002
EISBN ｜ 9786267200018(PDF) 9786267200025(EPUB)

國家圖書館出版品預行編目 (CIP) 資料

愛，就是放下你的手機！/ 陳幸蕙著 . -- 初版 . -- 新北市 : 字畝文化創意有限公司出版 : 遠足文化事業股份有限公司發行，2022.09
面； 公分
ISBN 978-626-7069-74-5(平裝)
863.55　　111007555